ギリシア悲劇入門

丹下和彦

Αἰσχύλος
Ὀρεστεία

Σοφοκλῆς
Οἰδίπους τύραννος
Ἀντιγόνη
Τραχίνιαι

Εὐριπίδης
Μήδεια Ἱππόλυτος
Ἑλένη Ἠλέκτρα

未知谷
Publisher Michitani

まえがき

ギリシア悲劇と聞いて、アッ敷居が高いな、と思っていませんか？　心配ご無用です。観るも読むも自在でいいのです。そもそもが大昔の村芝居ですから。

親殺しや子殺し、不倫――扱われる事件は古今東西どこでも誰でも経験するもので、古典ギリシアだからといって格別に高尚な殺人なんて、そんなものあるわけがありません。

ではなぜそんな不穏な事件にかかわる人間たちの言辞行動がわたしたちの心を打つのでしょう？　それを考えてみる――それがこの一〇日間の勉強会の趣旨であり、また宿題です。

この小冊子を読み通しても、特別に知恵がついたり考えが深まったりすることは、たぶんないでしょう。ただ面白い体験――心的な、ね、――それができるのではないかと思います。当らずといえどあれこれ考えてみる――それはいいことです。そのうちにひょっと思いついたり、思い当たったりすることが出てきます、「アッ、見つけた！」という瞬間がね。

それを頼みに一〇日間やってみましょう。

ギリシア悲劇入門

目次

ギリシア悲劇入門

第1章　ギリシア悲劇とは

これから一〇回にわたってギリシア悲劇の話をします。

第一回目の本日は、それはどういうものかという話です。今から二五〇〇年ほど昔——紀元前五世紀のころの話です。ギリシア人は地中海東部のエーゲ海域に住み、高度な文明を誇っていました。民族叙事詩であるホメロスの『イリアス』（前七五〇年ころ成立）、『オデュッセイア』（前七〇〇年ころ成立）はすでに誕生して久しく、紀元前七世紀、六世紀の抒情詩の時代を経て前六世紀末から世は劇詩の時代に入ります。その全盛期は前五世紀です。アイスキュロス、ソポクレス、エウリピデスという三大詩人が輩出した時代です。劇詩人というのは、劇が全文——セリフの箇所もふくめて——韻を踏んだ韻文でできているところからそう呼ばれていますが、要するにシナリオ作家ですね。

場所はエーゲ海域最大の都市国家アテナイ（現アテネ）です。その中心部に海抜一五六メートルの台形をした岩山アクロポリスがありますが——ほら、パルテノン神殿が建っているところです――その東南の麓のディオニュソス神殿の神域に設けられたディオニュソス劇場（遺跡が現存）、そこで上演されました。

ギリシア悲劇の作品は、先ほど述べた三人の作家のものばかり三三篇（アイスキュロス七篇、ソポクレス七篇、エウリピデス一九篇）残存していて、これは現在でも上演可能です。その他、他の作家のものもふくめた断片が多数あります。

さて、このような作品はどのようにして出来てきたのでしょうか。その誕生のいきさつを見てみましょう。

1　始まりは酒神讃歌

ギリシア神話の最高神はゼウスです。そこではこのゼウスを頂点とする神々のヒエラルキー（階層組織）が出来上がっています。そこにかなり後になって参加したのがディオニュソスです。この神は葡萄の栽培技術と葡萄酒の醸造技術を携えて東方のアジアからギリシアへやってきた神とされています。そして様々な抵抗、弾圧を受けながら、次第に民心に歓迎されていきます。酒は甘美な酩酊によって日々の労働の疲れを癒し、明日の活動意欲を呼び覚ましてます。庶民の力強い味方となります。この神の受難の歴史と様々な事跡を信仰の中で歌い上げたものが、酒神讃歌ディテュランボスです。これが悲劇の始まりです。

最初は讃歌を歌うために集まった人間たちの合唱です。やがて音頭取りが一人出てリーダーとなります。次いでそれと張り合う者が出てサブリーダーとなり、二人の間に対唱が成り立ち、歌全体が二人を中心に複雑化していきます。そこへ各地の英雄伝説も加わり、物語化していきます。合唱に加わっていた者たちは二人を中心とした一部の人間たちと、これに唱和しつつやがて聴衆化する多数の人間たちとに分離していきます。

合唱隊（コロス＝コーラス）は讃歌を主唱するごく少数の者に付随しつつ、しかし完全に聴衆化しきれなかった者たち、つまり讃歌の実務者と聴衆化した者との中間に位置する存在です。

2 歌物語の誕生と整備

ディテュランボスから始まった歌物語はしだいに形を整えていきます。歌自慢のリーダーたちは、やがて物語の起承転結を担う存在へと、言い換えれば俳優的存在へと化していきます。彼らの居場所は整備されはじめた劇場の舞台です。

合唱隊は舞台と観客席との中間の平土間（オルケストラと称します）が、その居場所です。彼らは、時に舞台上で進行する物語に口をはさむことはありますが、舞台上に登場して筋の展開に直接関与することはありません。エウリピデスの作品では、舞台上の物語とは直接関係のない独立した言辞を勝手に歌うようなことも多々あります。近代劇の幕のようなものとして考えれば、当たらずとも遠からずでしょう。合唱隊登場の部（スタシモン）はちょうど幕のように舞台上で展開していく物語を各場面に分ける役割をはたしましたが、最後まで「幕」にはなりませんでした。これにはギリシア悲劇（喜劇も）が野外劇場で昼間に挙行されるものであったことも関係しているでしょう。幕なる存在は劇場が屋内であることが必須条件ですから。

3　市当局公認の公演開始

ディテュランボスに端を発する歌物語の屋外パフォーマンスに一大転機をもたらしたものがあります。それは、アテナイ市当局がこれを公認事業と認定したことです。前五三四年のことです。それ以前は、腕に自信がある連中はアテナイ市周辺のアッティカ地方の村々を自作自演の素朴な見世物をもって巡演して回っていたのですが、市当局公認の公演開始と聞いて、皆勇み立ったことでしょう。公演は競演会となりました。その第一回優勝の栄誉に輝いたのはテスピスです。ただ残念ながら優勝作品は残っていません。しかしこれを機に参加者の数の増加、作品の量と質の向上が大いに促進されました。

ひとつ面白い話があります。テスピスに関するものです。アテナイの立法家ソロンが、あるときテスピスの公演が好評であるのを聞き、出かけて行って見物しますが、公演後テスピスの許へ行き、「あれほどの嘘を大衆に見聞させるとはけしからん」と言います。これに応えてテスピスは「演じているのは遊戯だから嘘をついても差し支えない」と言います（プルタルコス『対比列伝――ソロン伝』二九）。これは文芸的営為、芸術的営為は虚構のものという文芸、芸術の高邁な独立宣言に他なりません。

競演の場は市中の公共広場アゴラに設けられた即席の臨時劇場でしたが、前六世紀から前五世紀に移るころ、アクロポリスの東南麓のディオニュソス神殿の神域内に常設の劇場（ディオニュソス劇場）が設けられました。以後はここが専用劇場となります。

酒神でもあり演劇の神でもあったディオニュソス神を祀る祭礼がアテナイには年四回あり

ました。

①小（または田舎の）ディオニュシア祭、十二月下旬～一月初旬、秋の葡萄の収穫を祝う、

②レナイア祭、冬一月下旬～二月初旬、葡萄を搾るときの祭り（喜劇作品の上演）、

③アンテステリア祭、早春二月下旬～三月初旬、葡萄酒の甕開き、

④大（または都市の）ディオニュシア祭、春三月下旬～四月初旬、葡萄樹の成長を祝う祭り（悲劇、喜劇の上演）。

この最後の大ディオニュシア祭が悲劇競演会の舞台でした。春、陽光燦として野に満ち、海は凪ぎ、風柔らかに帆をはらませるころ、祭礼には市民のみならず友好国の代表も客として数多く参加し、劇場に足を運びました。

競演参加者は前年十二月に（おそらく書類選考で）選抜された三名です。これが各自一ケ月間の稽古期間を与えられ、三月末の本選に臨みます。上演順番は抽選で決定され、各自一日朝から四作品（悲劇三篇、サテュロス劇一篇）を上演します。三日間の競演ののち最終日に審査が行われ、競演結果が発表されます。優勝者はその名が記録され、長く栄誉を称えられました（優勝者名を刻字した石碑が出土しています）。多額の賞金の類はなかったようです。

4　劇場

劇場を見てみましょう。紀元前六世紀から五世紀へ変わるころ、アクロポリスの丘の東南麓に専用の劇場ができたことは、先にちょっと申しました。まずできたのは、合唱隊が舞い歌う平土間《オルケストラ》です。ほぼ直径二〇メートル強の円形広場です（のちにこれが半円形になります）。その南の縁に接して舞台（といっても奥行きの短いものですが）ができ、そのまた南に楽屋《スケネ》（原義はテント、仮小屋）ができます。この楽屋の南側の壁沿いに一本高い柱が立ち、その最上部に腕アームがついてクレーンとなります。前四五〇年ころのことです。エウリピデスが愛用した「機械仕掛けの神《デウス・エクス・マキナ》」という劇作技法を可能にした劇場の舞台装置です。

平土間《オルケストラ》の北には、アクロポリスの丘の南麓のスロープを利用した観覧席ができます。すべてまだ木造です。こうして屋根も壁も一切持たぬ（スケネの建物は除く）野外劇場ができます。全体が完全に石造化されるのは前四世紀末（前三〇〇年代末）のことです（これには時の財務官リュクルゴスが尽力しました。そのときの観客収容人数は一五、〇〇〇人程度であったろうとされています）。その後ローマ時代に何度か改築されたものの遺跡が、現在わたしたちが見ているものです。

二点付け加えましょう。

まず一点。俳優はみな仮面をかぶりました。その点日本の能と似ています。一人の俳優が複数の役柄を演じるのに仮面の存在（着用）は大いに役立ちました。

二点目は女優が居なかったことです。女性役はすべて男優が仮面と衣装を付け替えてこなしました。この点、女性役に女形《おやま》を使う日本の歌舞伎と同じです（女形は仮面を使いませんが）。

俳優はその全体数が少なかったらしく、劇一篇に使用できるのは三人までと決まっていました。ですから一人の俳優が複数の役を演じることは、多々ありました。俳優はプロでした。その養成法はよくわかっていません。合唱隊は一五人（アイスキュロスでは一二人）。これはアマテュアで、各作品ごとに雇われて、トレーニングを重ねて、本番に臨んだようです。

この合唱隊にかかる経費、また公演に関する諸費用は、毎年有力市民の中から選ばれる後《コレ》援者《ーゴス》が担当しました。後援者は担当した作品がたとえ優勝しても、何の経済的利益も受けず、ただその名誉を最大の利得としました。まさにこれは市民の祭りだったのです。

5　劇の形式

劇の形式はこうなっています。まずは各部分の名称です。

1　プロロゴス（前口上、序）
2　パロドス（合唱隊入場歌）
3　エペイソディオン（舞台上の対話部分）
4　スタシモン（オルケストラでの合唱隊の歌舞）
5　エクソドス（終曲部、それに続く退場歌）

＊エペイソディオンとスタシモンは通常各四回ずつ行われる。

一篇は平均およそ一四〇〇～一五〇〇行の長さです。巻子本に書かれたシナリオは頁数で表示できません。行数でその長さを計ります。

悲劇作家として今に作品がまともな形で伝わっているのはアイスキュロス（前五二五～四五六年）、ソポクレス（前四九六～四〇六年）、エウリピデス（前四八五～四〇六年）の三名です。その他の作家の作品は断片ばかりです。

劇の素材となったのはギリシア民族に古来伝わる神話、伝承（たとえばトロイア戦争にまつわるもの）です。各作家はそこに各自の思い（神観、民族観、時代観、芸術観、文芸観、人生観、人間観）を投入し、反映させ、また引き出して市民の前に提示しました。その切々たる思いが長い時間を経た現代のわたしたちにも伝わり、感動と興奮を与えるのです。古いから古典なのではありません。いつの時代の思いをも照り返す深く多様な鏡板であるからこそ、古典なのです。

第2章

アイスキュロス『オレステイア』三部作（前四五八年）——その1、暗殺と復讐

さて、今日は講義の第二日です。じっさいに作品を見ていきましょう。

最初は三大作家の一番手アイスキュロスの『オレステイア』三部作です。第一部は『アガメムノン』、第二部は『供養する女たち』、第三部は『慈しみの女神たち』と名付けられています。三部作形式は一つのテーマを三作に分けて展開する壮大な絵巻物といったものですが、アイスキュロスのこの作品が現存する唯一のものです。

オレステイアとはオレステス物語という意味です。オレステスはギリシア本土ペロポネソス半島の中部アルゴス王国のアガメムノン王の息子です。父アガメムノンはギリシア軍の総大将としてトロイアへ出征し、一〇年間の戦闘ののち勝利して祖国へ凱旋しますが、その直後に妻クリュタイメストラとその愛人アイギストスの手に掛かって惨殺されます。そのときまだ少年だったオレステスは他国へ亡命しますが、やがて成長して帰国し、姉のエレクトラと協力して母クリュタイメストラとアイギストスを殺して父親の敵討ちをします。

ここでは第一作『アガメムノン』と第二作『供養する女たち』を取り上げます。まず第一作『アガメムノン』です。その粗筋を簡単に述べておきましょう。

［劇の粗筋］アルゴスの王城の見張り番が遠くトロイアから送られた松明のリレーによってトロイア落城の報告を得ます。アガメムノン王の凱旋。待ち受けた妻クリュタイメストラは愛人アイギストスの協力を得てアガメムノンを湯殿に誘い込み、惨殺します。彼女にとっては愛娘イピゲネイアがトロイア出征の際に生贄にされたことへの復讐、アイギストスにとってはアルゴス王家一族の覇権争いにまつわる父テュエステスの復讐の遂行です。「為《し》た者は報復を受ける」という古い氏族社会の掟、いわば力の正義がはたされます。しかしこの力の正義は連鎖します。クリュタイメストラとアイギストスにはアガメムノンの子供からの復讐が待っています。

1　夫殺しの理由

クリュタイメストラはなぜアガメムノンを殺したのでしょうか？　三つの理由が考えられ

ます。

① イピゲネイアの生贄　トロイア攻略のためアウリスの港に集結したギリシア軍は風待ちをするのですが、順風が吹きません。神意を問うと総大将アガメムノンの娘イピゲネイアを生贄に捧げよといわれます。アガメムノンは公私の板挟みになって苦悩したあげく、娘を生贄にして順風を得、出港します。

　イピゲネイアの母親クリュタイメストラの心中はどうでしょうか？　メネラオスの不義の妻ヘレネ奪還のために――男たちの下らぬ戦争ごっこのために――わが娘がなぜ犠牲にならなければならぬのか？　合唱隊はこう唄います、「いつか立ち上がろうと／恐ろしい企みが家に取り付き執念深く子供の仇を狙う」（一五四～一五五――シナリオの行数。以下同じ）と。その帰結が「夫アガメムノン殺し」です。

② カッサンドラの存在　アガメムノンはトロイアから戦利品としてトロイア王族の娘カッサンドラを連れ帰ります。側女《そばめ》にするためです。クリュタイメストラに、妻の座を脅かされた屈辱に起因する怒りが生じます。また女としての嫉妬と憎悪も。夫殺しの要因としてじゅうぶんです。

③ クリュタイメストラ自身の不義密通　アガメムノンの出征中、クリュタイメストラはア

イギストスと不義密通の間柄になります。アイギストスはアガメムノンとは従弟同士の仲です。『供養する女たち』の合唱隊は世に禍をなすものの一つとして女の情欲エロスを取り上げています。

大胆不敵な女たちの胸に巣食う／恥知らずな愛欲エロス（『供養する女たち』五九六〜五九七）

女の慎みを取りひしぐ道ならぬ恋エロス（同六〇〇）

ここにクリュタイメストラのそれも含まれていることは明らかです。

2　アイギストスの場合

アガメムノン殺害にはクリュタイメストラだけではなく、アイギストスも加わっています。アイギストスにもアガメムノン殺害の明確な理由があります。彼の父テュエステスは兄弟のアトレウス（アガメムノン、メネラオスの父）とアルゴスの王家の覇権を争って敗れた男です。

そのために亡命の身を体験したアイギストスは、アガメムノンを殺して父の仇討を果たしたのです。

——あの惨めな父親の第三子にあたるわたしは／襁褓にくるまれた赤子のまま都落ちを余儀なくさせられたが、／正義《ディケ》が成長したわたしを再び連れ戻してくれたのだ。

（『アガメムノン』一六〇五～一六〇七）

「為た者は仕返しを受けるべし」（『供養する女たち』三一三）と合唱隊は唄います。これはエレクトラ、オレステス姉弟に向けて仇討を勧める言葉ですが、しかしまたこれはアイギストスにも通用する言葉でもあるはずなのです。世はまだ力の正義が巾を利かす氏族社会です。クリュタイメストラは夫殺害後、高らかに宣言します。

——このとおりわたしがやりました。このこと、否定はいたしませぬ。（『アガメムノン』一三八〇）

——（この行為は）この右手が為《な》した仕事、／正義の匠の業。

（同一四〇五）

かくして「暗殺」が終わります。

これに続く『オレステイア』三部作の第二作『供養する女たち』は「復讐」をテーマとする劇です。その粗筋を見ておきましょう。

［劇の粗筋］ アガメムノンを殺してイピゲネイアの仇討を果たしたクリュタイメストラは一夜悪夢（蛇を出産）を見ます。エレクトラは慰霊のための墓参を言いつかります。墓場に残されていた供え物がきっかけとなって、亡命中のオレステスの帰参が確認され、姉弟再会が実現します。姉弟は協力して父親アガメムノンの仇討を果たします。ただ復讐成就後オレステスは激しい精神の動揺を見せます。

3　復讐開始

復讐の道筋を各人物のセリフから跡付けてみましょう。

まずオレステスが復讐に足を踏みだす時点、

——オレステス　敵意《アレス》と敵意が、正義《ディケ》と正義がぶつかるのだ。　（四六一）

復讐する側もされる側も己の行為を正義と規定しています。力の正義が支配する氏族社会にあっては、これは通常のこととされています。オレステスはまずアイギストスを殺し、次にクリュタイメストラに向かいます。クリュタイメストラも最初のうちは意気軒高です。

——誰か早く戦士を斬る斧を——／やるかやられるか、決着をつけてやろう。（八八九〜八九〇）

しかし最後には胸をはだけ、オレステスに助命嘆願をします。

——クリュタイメストラ　まって、ねえ、おまえ、これに、／この乳房に免じて、ねえ、いつでもおまえはこれにしがみついて、眠りこけながらも／歯茎で噛んで、滋養たっぷりのお乳を飲んだんじゃないか。

オレステス　ピュラデス、どうしたもんだろう、母親を殺すのは考えたほうがいいんじゃないか。

ピュラデス　アポロンの予言はどうなる。／（……）／誰もかも皆敵だと思いたまえ、神を敵にまわしちゃいかん。（八九六〜九〇二）

盟友ピュラデスの助言で立ち直ったオレステスは母の胸に剣を突き刺します。

4　中年女性の性

クリュタイメストラ　おまえの父親が犯した過ちも言ってもらいたいね。

オレステス　のんびり家の中に座っているのに、外で苦労している者をとやかく言ってもらっては困ります。

クリュタイメストラ　ねえ、女にはね、男なしの生活ってのはね、辛いんだよ。

オレステス　でも男のおかげでしょう、女が生活できるのは。（九一八〜九二一）

ここでクリュタイメストラのアガメムノン殺害には女の性が原因となっていたことがわか

ります。これは彼女の肉声です。建前としては夫殺しの理由はいろいろありますが、これが吐露された本当の理由、本音です。のちにエウリピデスもこれと似たようなことをクリュタイメストラに言わせています（エウリピデス『エレクトラ』一〇三五）。まるで作風の違う両者が、クリュタイメストラ像の造形では妙に一致しています。ただ中年女性の生理は若い青年オレステスの理解を超えています。せっかくのセリフが一顧だにされず、舞台のあわいに消えていきます。母を殺すことで父の仇討は完了します。しかしオレステスの心は晴れません。

——オレステス　この胸の前で／恐れが今にも歌いだしそうにしている、怒り狂って踊りだしそうにしている。（一〇二四～一〇二五）

神アポロンに命じられた父の復讐は見事に果たされました。しかしそのためにオレステスは母を殺害することになりました。この母親殺害がオレステスに新たな罪の意識を植え付けます。母殺しという尊属殺人に伴う復讐神エリニュスが彼に取り付きます。

——オレステス　おまえたち（合唱隊）にはこいつら（復讐神の幻）が見えていない、わたしには

――見える、／こうしちゃおれん、追いつかれてしまう。　（一〇六一～一〇六二）

オレステスは恐怖に駆られてデルポイのアポロン神殿まで逃げていきます、母親殺害を命じたアポロン神に身の救済を求めて。

この終末部においてはこう言えるのではないでしょうか、母と息子が直接の当事者として復讐の連鎖に繰りこまれることによって、つまりエリニュスが登場することによって、古来の復讐の連鎖の正当性そのものが問われ始めると。

第3章　アイスキュロス『オレステイア』三部作——その2、復讐と裁判

本日は第三日目です。先回の続きです。第三作『慈しみの女神たち』を取り上げます。

〔劇の粗筋〕母殺しの罪におののくオレステスは救済を求めてアポロン神の許へ赴きますが、アポロンは彼にアテナイへ行って裁判を受けるようにと勧めます。アテナイの法廷でオレステスは法廷闘争に臨み、かろうじて無罪を勝ち取ります。

1　劇の場

本篇では劇の場が三度変わります。第一場はデルポイのアポロン神殿前（一～二三四行）、第二場はアテナイのアテナ神殿前（二三五～五六五行）、第三場はアレイオス・パゴスの法廷（五六六～一〇四七行）です。この三度の場面展開は、復讐神エリニュスの追及を受けるオレステスがアポロン神の忠告通りにアテナイで法廷に立ち、原告エリニュス、弁護人アポロン、陪審員アテナイ市民からなる裁判において無罪放免を勝ち取る過程をなぞっています。言ってみれば「裁きと赦し」が本篇のテーマです。もう少し詳しく見てみましょう。

第一場では、アポロンはこう言ってオレステスにアテナイ行きを勧めます、「母を殺せと説きつけたのも、もとはと言えばこのわたしだったのだから」（八四行）。

力の正義を主張するアポロンは父の仇を討てと言います。ところがその仇とは実の母親だったのです。力の正義の遂行に伴って「母殺し」という新たな罪が生じます。この罪にオレステスは悩むのです。そしてこの罪の裁定はアポロン神の領域ではありません。新しく誕生した罪は従来の「力の正義」によっては裁ききれないのです。かくしてその裁定は法の場へ移されます。

ところでクリュタイメストラの亡霊によって眠りを覚まさせられた合唱隊（エリニュスたち）は舞台の上から「散りぢりに」平土間《オルケストラ》へ降りていきます。

合唱隊の入場としては異常です、ふつうは右手の入場路《パロドス》を通って入場しますから。

証言があります、「伝えられるところによれば、アイスキュロスは『慈しみの女神たち』上演の際に、合唱隊を散りぢりに入場せしめ、これが人々をたいへんに驚かせた、子供は気絶するし、妊婦は流産したという。」（『アイスキュロス伝』）
余談ですが、観客席には子供も女性も、またおそらくは子供の守役（奴隷身分）もいたことがわかります。芝居見物はアテナイ市の全住民の娯楽になっていたと考えてよいでしょう。
第二場　オレステスと彼を追いかけるエリニュスたち。双方ともにアテナ女神の裁定を求めます。アテナ女神は自分一人では困難であるとして、市民法廷の設置を提唱します。
第三場は法廷での遣り取りです。

2　法廷劇

エリニュス（原告）からの追及を受けてオレステス（被告）は以下のように弁明します。

――（母を）殺しました。そのことは否定しません。（五八八）

――こちらに居るお方（アポロン神）の仰せに従ったまでです。（五九四）

ここまで来たこの身の成り行きを後悔はしていません。（五九六）

アポロンの神よ、さあ、証言なさってください。／彼女を殺したことが正義にかなうことだったのかどうか、おっしゃってください。／このとおり、わたしはやりました。そのことは否定しません。／でもそれがあなたの御心に照らして正しいことなのかどうか、／この流された血潮の判定をお聞かせください、ここにいる人たちに言ってやりますから。

（六〇九～六一三）

アポロン神の弁護はこうです――息子による母殺しよりも妻による夫殺しのほうが重罪である、高貴な身の男子の死は女子の死よりも重い、ことに女子の手による殺人は重罪である、しかも騙し討ちであるから――これは男系社会が要求する社会通念と言えます。（補足 六五八行以下には母親は親ではない、種を植え付ける者こそ親である、との言辞もみえています）

最後に裁判長のアテナが陪審員に投票を促します。アテナ自身も「この票をオレステスに投じよう」（七三五）と一票投じます。開票すると白黒同数となり、オレステスは無罪（同数の票決は無罪）となります。このことは、アテナ女神以外の人間（陪審員一一名）の票決は六対五でオレステスは有罪であったことを示しています。つまり父親の仇討であっても母殺しは人間社会では有罪であるということなのです。ここに古い氏族社会の力の正義に代わる新しい市民社会の法の正義（法廷での投票行動）が顕現し誕生したのです。市民社会の裁定は、いかに父親の仇討であれ、母親殺しは決して正当化できない罪であるとしたのです。

3　力の正義から法の正義へ

古くからの氏族社会の力の正義はその使命を終え、新しい市民社会はそれにふさわしい法の正義を確立せしめたのです。陪審員の票決はこのことを提示しているのです。オレステスはアテナ女神の一票によってかろうじて無罪となりますが、以後、第二第三のオレステスは法廷で陪審員の票決によって断罪されていくことになるのです。

オレステスの無罪放免をエリニュスたちは怒ります。それをアテナ女神がなだめます、「おまえたちは負けたわけではない、裁きの結果が同数に／割れただけのこと」（七九五〜七九六）。

エリニュスたちはアテナの慰撫を受け入れてアテナイの地にとどまり、慈しみの女神と成って市民の安寧を図ることになります。

このことは旧来の氏族社会の社会正義（力の正義）を司っていたエリニュスが新しい法の正義を標榜する市民社会へ組み込まれていくことを意味します。共同体の社会正義を司る主体は強者の力から法廷で投じられる石の票へと移行するのです。

劇中に示される内乱への懸念（九七六〜九八七行）は当時の政治的背景――ペリクレス、エピアルテスらの民衆派対キモンらの貴族派の対立抗争――を反映するものと考えられます。

正義は力の行使から言論の場、換言すれば知のフィールドへと移されます。このことは、共同体を統べるものが単なる物理的な力ではなく知の体系＝法の力であり始めていることを示しています。

第4章　ソポクレス『オイディプス王』（上演年代不詳）——不憫

第四日目です。今日取り上げるのはソポクレスの『オイディプス王』です。世に有名な作品です。ギリシア悲劇といえばこれといわれるほど人口に膾炙している作品です。それだけに多様に解釈され、またいろいろに論評されているのですが、わたしたちもわたしたちなりに考えて読み解いてみましょう。

不思議なことですが、これほど有名な作品であるのに、その上演の年代と日時が不明なのです。およそ前四四〇年代の末から四三〇年代をはさんで前四二〇年代初頭まで広範囲にわたっていますが、確定していません。

1　どんな作品か？

ひと口で言えば世界最古の探偵小説——いや、小説ではありませんね、劇ですから。いわば探偵物語です。ある殺人事件があって、犯人の捜索が始まります。劇の主人公がその捜索の探偵役を務めます。名探偵ならぬ迷探偵は、思わぬ僥倖に恵まれて何とか真犯人にたどり着きますが、捕らえた犯人はほかならぬ探偵それ自身であった、というまことにシュールな結末になります。また捜索は犯人以外に思いもよらぬ事実を掘り起こします。探偵が過去にそれと知らずに犯していた二つの大罪が明るみに出るのです。

もう少し詳しく劇の内容を見てみましょう。

［劇の粗筋］

オイディプス王治世下の町テバイに、あるとき悪疫が流行します。その原因は、神のお告げでは、前王ライオスを殺害した犯人がいまだに逮捕も処罰もされていないことにあります。オイディプスは町を救うために率先して犯人捜索に当たります。彼が助言を仰いだ予言者テイレシアスは「犯人はオイディプス、あなただ」と言います。オイディプスは驚きかつ怒ります。その怒りを鎮めようと、妻イオカステは昔話をして、預言者の言は信ずるに足らぬと強調します。かつてライオス（イオカステの先夫）に自分の子供に殺されるという神託が下ったが、子供は赤子の時に始末したし、ライオスは国外旅行中にポキス山中の三叉路で盗賊の一団に殺された――だから予言者が取り次いだ神託は実現しなかったというわけです。

これを聞いたオイディプスは「三叉路」の一語に驚愕を憶えます。自分も若いころポキス山中の「三叉路」で人を殺めたことがあるからです。自分はライオス殺害犯人か？――恐ろしい疑惑が生じます。その解明のために、かつてのライオス遭難時一人だけ逃げ帰ってきた召使を証人として呼び出すことにします。

劇の前半はライオス殺害犯の捜索に終始します。後半はオイディプス個人の出自探索――これもまた探偵物語といってよいでしょう――に変わります。オイディプスはコリントス国の王子として成長しました。ところがあるとき酒に酔った友人が「君は今の両親の実の子ではない」と言いました。驚いたオイディプスは事実を両親ポリュボス、メロペに問い質しますが、埒が明かず、困惑したオイディプスはデルポイのアポロン神殿に赴いて神託を求めます。神託は「汝は父親を殺し、母親と交わるだろう」とのみ告げます。驚いたオイディプスは両親のポリュボスとメロペを捨て、祖国コリントスを捨てて旅に出ます。その旅の途中、ポキス山中の「三叉路」で通行をめぐる争いから人を殺めることになってしまいます。今思えば、あれはひょっとしてライオスではなかったか？

それを確かめるために当時を知る召使を召喚したのですが、その召使が登場するより前に別の事態が生じます。突然コリントスから使者が来てポリュボス王の死去を知らせます。オイディプスの父親はオイディプスの手にかかることなく死去したのです。あの神託「父親殺害」は成就しなかったのです。

喜ぶオイディプスに、しかし使者はいま一つ驚くべき事実を告げます、「ポリュボスとメロペはオイディプスの実の両親ではない、オイディプスはテバイの男から手渡された捨て子の成長後の姿である」と。ライオス・イオカステ夫妻は「父親殺害」の神託を恐れて、生まれた赤子の殺害を決心し、山中への捨て子を召使に命じたのでした。しかし召使はそれを「不憫」に思って赤子を殺さず、コリントスの羊飼い（現在の使者）に託したのです。

神託は成就しました。赤子オイディプスは生存し、のちに父を殺し、母と結婚しました。イオカステは自死して果て、オイディプスは両眼を潰し、テバイを捨てて出ていきます。

2　二つの神託

本篇には二つの神託が登場します。そのいずれも劇の進展に大きな影響を及ぼします。

まずライオス・イオカステ夫妻に下った神託です。それは「やがて生まれてくる子供は父親を殺す」というものでした。その実現を恐れた両親は生まれて三日と経たない赤子を、召使に命じてキタイロン山中に捨てさせます。これで神託を回避しようと考えたのです。ところが召使はこのように処置される赤子を「不憫」と思い、顔なじみのコリントスの羊飼いに譲り渡します。ライオス・イオカステ夫妻が予期した「死」を覆して、召使いの憐憫の情が赤子を「生」の世界へ残した、いや送り出したのです。その結果、赤子は、オイディプスは、生き延びて以後の悲惨きわまる人生を体験することになります。その時の召使に悪意があったとは思えません。「不憫」に思って命を救っただけです。むしろ善意からしたことでした。その後召使はオイディプスの人生の節目に――父親殺害の場にも、母子相姦の場にも――、もちろん無意識のうちにですが、立ち合い、最後には死に向かう終の旅路に発つ彼を黙然と見送ることになります。

問題はライオス・イオカステ夫妻が、けっきょくは赤子オイディプスを抹殺しえず生かしたことにあります。それがのちの悲劇を生んだ最大の理由です。いや、夫妻は「捨て子」にすることで「殺害」したと、それで神託を回避したと思ったのでした。計算外だったのは召使の「不憫」という思いでした。これは彼らの予期せざることでした。しかしその予期せざることが起きてしまったのです。

ライオス・イオカステ夫妻が神託を避けるために赤子を抹殺しようと意図したことは正当でした。ただそれを実行する段階で問題が生じたのです。自らの手で赤子の息の通い路を閉ざすのが最善でした。しかし彼らは、親子の情のなせるところでしょうか、それをしませんでした。それを他人（召使）の手に委ねたのです。その「情」に召使の「不憫」が加わり、赤子は死を免れたのです。非情に徹しきれなかったがために、のちの悲劇が生じたのです。

ところで、イオカステはライオス横死の報に接したとき、昔の神託を思い起こした様子はありません（少なくとも劇中でそのことに言及したくだりはありません）。捨て子にした赤子の死を確信しているようです。しかしこれは彼女の希望的観測にすぎません、赤子の絶息を確認したわけではありませんから。それは彼女の勝手な「思惑」にすぎません。この「思惑」で、人は失敗するのです。次のオイディプスの場合もそうですが、この「思惑」、いわば認識の甘さが失敗の原因です。それでイオカステも失敗したのです。

重要な案件（赤子殺害）の処置を他人（召使）に委ねたこと、その結果を自ら確認せぬままに容認したこと、この二つが重なって神託は成就しました。

神託の成就——赤子の生存と父親殺害——が明らかになったとき、イオカステは自死の途を取りました。ライオスの死だけでなく、それに続く母子相姦に慄然としたからでもありましょう。母子相姦はライオス・イオカステ夫妻に下った神託には含まれていなかった条項かもしれません——その詳しい説明は欠けています——が、きわめて衝撃的な事実であったことは容易に想像できます。ただ彼女は自ら犯したミス——赤子の死を人任せにしたこと、その死を最終的に確認しなかったこと、重要な案件を希望的観測、単なる思惑で処理したこと、に対しては一言も言及していません。これは、辛いことには違いありませんが、自らの過失を認知していないということを意味しています。認知することで自らの人間としての在り方を示すことをしなかったのです。いや、すべてを飲み込んで死へ走ったとも言えそうですが、一言漏らせば済むことを無言のままであったことで、彼女は自らが「知の人」であることを表示し得なかったことになります。

いま一つは成人したオイディプスに下った神託です。自分の両親は誰か？　それを求めてデルポイのアポロン神殿に詣でたオイディプスに神託はこう告げます、「汝は父親を殺し、母親と交わることになろう」（七九一〜七九三）と。驚いたオイディプスは祖国コリントスを捨てて旅に出ます。これはコリントスのポリュボス・メロペ夫妻を両親と見なし、神託成就を回避しようとしたうえでの行為です。しかしオイディプスがデルポイへやってきたのは、そもそも酒に酔った友人から「君はポリュボス・メロペ夫妻の実子ではない」と言われたからでした。オイディプスはそれを両親に問い質しますが、埒が明かず、それならばと真相を求めて神託伺いにデルポイのアポロン神殿に参詣したわけでした。もともとポリュボス・メロペ夫妻を両親と断定するには疑義があったのです。しかしオイディプスは恐ろしい神託を聞いたとき、それを避けるために、疑いを無視するかたちでポリュボス・メロペ夫妻を自分の両親としてしまいました。確証のないまま仮定してしまったわけです。

果たしてそれは正しかったでしょうか？「ポリュボス・メロペ夫妻はオイディプスの実の両親である」という命題は確定されたものではありません。しかしオイディプスはこの命題の真偽を追求することなく、この未確定の命題を確定したものとして自分の行動の前提に使いました。これが迷走の始まりです。

放浪の旅の途中でオイディプスは一人の男を殺めますが、そのとき神託にあった「父親殺害」条項を思い起こすことはしませんでした。またそのしばらく後にテバイで一人の女性と関係を持ち、結婚生活に入りますが、その相手は自分より年長の再婚女性でしたが、かつての神託「母子相姦」を思い出した様子はありません。ポリュボス・メロペ夫妻を両親と断定する思いはよほど強かったと思えます。

しかしこの断定は誤ったものでした。以後のオイディプスの人生行路は神託通りに展開します。神託を回避したつもりが、回避しえていなかったのです。回避するための前提が間違っていたのです。不確かなまま前提としてしまった「ポリュボス・メロペ夫妻がわが両親」という「思いなし」が間違っていたのです。

しかしながら後にコリントスからの使者の証言によってこの命題が偽《にせ》であることが明らかになったとき、オイディプスは自らの誤謬に気づき、論理の破綻を認めたうえで、己の行動の過ちを受け入れるべきでした。すでに自己の出自の探求作業は失敗に終わっています。あとはその失敗をいさぎよく認めることです。それこそが「知の人」を僭称することを許す最低の条件です。しかし彼はそうしませんでした。

思えば恐ろしい神託を受けたとき、それを回避する完璧な途を取り得ず、その場で最良と思われる途しか取り得ないとしても、それは仕方ないことかもしれません。第三者が当事者に完璧を求めるのは酷というべきでしょう。それはやむを得ないことなのだ、いかに知に優れた人でも逃れ得ない誤謬なのだ、ということでしょう。ただし結果が出た場合は、それがいかにつらいものであろうとも、それを認め、その原因とそこへ至った過程を検証する必要があります。いわば敗因を探ることです。それが敗者のまず為すべきことであり、また対決し勝負を挑んできた者の矜持を示すものでもあるはずです。

オイディプスは自らの出自を知り、これまでの人生がまさに神託どおりに進捗してきたことを知りますが、人生航路のどの時点で舵取りを誤ったかを知ろうとはしません。赤子の自分を死の淵から助け上げて生の世界へ送り込んだ男への恨み言は述べますが（一二四九行以下）、己の人生の舵取りのまずさを認めて悔いることはないのです。何よりも神託後に行った両親決定の際の精緻さを欠く処置への自覚も反省もないのです、ポリュボス・メロペ夫妻を両親と仮定したことが、その意向と裏腹に奈落の人生へと落ち込んでいく大きな分岐点となるものでしたのに。

3　目を潰すオイディプス

コリントスから来た使者の証言と田舎から呼び寄せた召使（かつてライオス・イオカステ夫妻から赤子のオイディプスを捨て子にするよう言いつかった男）の証言によってオイディプスの出自が明らかになります。いち早く事情を察知したイオカステは自死して果てますが、その死体の衣服を留めていたピンをオイディプスは掴み取り、己の両眼に突き刺します、「これまで蒙って来た禍、犯してきた禍の数々はもう見たくない、／これから後は目にすべきではなかった人たちを見たり、／知りたかった人たちのことを知るのも闇の中でやるがよい」（一二七二～一二七四）と言いながら。

この言葉、この行為は、かつて預言者テイレシアスから言われた強い非難、するどい指摘への応答のように思えます。かつてテイレシアスはこう言ったのでした、「わしを盲目と非難なさったから申し上げるが、あんたは目は明いてはおるものの／自分がどんな罪を犯しておるか、見えてはおりなさらん、／どこに住んでおるか、誰と暮らしておるかということがな。／あんたは自分が誰の子か、自分の両親は誰か、はたしてご存じか。／この両親に――すでに死んでいるのにも、まだ生きているのにも――／自分が仇なす存在となっていながら、それがわかっておられん」（四一二～四一七）。

テイレシアスはすでに早くからアポロンの神託（父親殺害と母子相姦）が成就していたことを知っていたのです。オイディプスは遅れていまやっとそれを知りました。そしてその悲惨な状況を見るに見かねて目を潰します。己への懲罰のつもりでしょうか。

この応答は、しかし必ずしもテイレシアスの指摘に的確に相応するものとは思えません。テイレシアスは事実を見よ、その奥にある真実を見極めよと言っているのです。目が明いているのに見えてないというのは、知性が働いていないからだと言っているのです。そう読み取るべきです。オイディプスが目を潰すのは、単に自らが犯した行為のおぞましさ、罪の跡を見たくないからだけでしょうか？　それでは犯した禍、悪行の原因の究明になっていません。「見たくない」から目を潰しただけです。それでは出来《しゅったい》した悲惨な状況の原因を予見できなかった目、弱く愚かな知性への懲罰になっていません。

「見たくない」という心情はわかります。驚愕と後悔が言わせるのでしょう。しかしそれでは自分の失態の原因究明にはなり得ません。悲惨な結果に恐れおののくだけで、その原因を追究しようとする意志はないことになります。かつてデルポイで恐ろしい神託を聞いたとき、オイディプスはポリュボス・メロペ夫妻をわが両親と規定し、彼らと別れるため祖国コリントスを捨てて旅に出たのでした。しかし「ポリュボス・メロペ夫妻がわが両親」とするこの規定が間違っていたのです。これがその後のすべての出来事の原因です。そのことは自らの出自すべてが明らかとなったとき、オイディプスにもわかったはずです。しかしこの過誤への言及は一切為されません。事柄の原因特定と結果に至る過程の検証とは、「知の人」であれば為すべき最低限の行為です。

オイディプスの場合、それは目を潰すまえに為すべきことでした。あとになって原因を究めたとしても、結果が覆るわけではありませんし、また己の失態の跡を辿るのはつらいことです。しかしそれでも結果如何にかかわらず果たすその検証と究明は、「知の人」を僭称する身にはまず最低限の仕事でしょう。

「いや、目潰しはそれらすべてを包括する行為、原因の究明をも含み込んだ上での行為である」と言われるかもしれません。しかしそれは、詭弁と言ってもよいほどの、曖昧に過ぎる総括です。それでは無言のまま命を絶ったイオカステと同じです。「知の人」を返上する行為に他なりません。

彼は目を潰したあと、かつて自分を助けてくれた命の恩人について繰り言を述べます、「わたしを死の淵から引きずり上げて助けてくれたあの男め、／やらでもよいことをしてくれたのだ」（一三五一〜一三五二）と。しかしこれは手前勝手な八つ当たりです。与えられた人生を生きたのはオイディプスです。愚痴る気持ちはわかりますが、どんな形にせよ与えられたからには、それは自分の人生です。舵取りは己の甲斐性です。恐ろしい神託を受けたなら自分の能力で回避しなければなりません。神託が成就したのは己の力不足ゆえのことです。潔く認めなければなりません。すべてがわかった今、おぞましい結果をもたらした原因——ポリュボス・メロペ夫妻を己の両親と規定したことに思いを至らせ、それを認めてしかるべきです。それが己の人生の総括です。それを認知し、かつ表明すること、そうすることによってようやく「知の人」たることを得るのです。

友人の酔言に刺激されて始めた出自探索は単なる戸籍調べではありません。それはこの世、この世界における自分のいるべき場所はどこか、それを求めるきわめて高等な探究活動であったのです。天上には神がいるというこの世界で、それこそが人間独自の世界の探求であり、人間の自立を謳う標識となるものだったのです。オイディプスは自らのあるべき場を探ろうとして失敗しました。だが彼はその失敗の傷跡を記録すべきなのです。「見たくない」と言って眼光を消すのは、「知の人」であることを自ら放棄する愚行です。無様な記録を残すこと、残そうとする意志をもつことこそ、「知の人」でありたいということの最低限の意思表示なのです。

劇の末尾でわれわれは顔じゅうを血だらけにした痛々しいオイディプスの姿を目撃します。しかしこれに驚くことも同情することも要りません。「なぜ目を潰したのか?」と、改めて問うだけです。

4 「見る人」——召使の存在

劇はテバイの前王ライオス殺害事件の犯人捜索から始まりました。犯人特定のために唯一の目撃者であるライオス王の召使の召喚まで進みます。そこへコリントスから使者が来てオイディプスの父親（とされる）ポリュボス王の死去を知らせます。ここから話は一挙にオイディプスの出自探求へと向かいます。ライオス殺害犯人が単数か複数かを決定する証人として呼ばれたはずの召使が、オイディプスの過去を物語る役目を果たすことになります。話は、かつて召使が捨て子にするはずの赤子を助けてコリントスの男に手渡したくだりまで進みます。

オイディプス　（殺してほしいとは）生みの母親がか、無惨な。
召使　不吉な神託を避けるためでございます。
オイディプス　どんな神託だ。
召使　子が親を殺すとのことでございました。

オイディプス　それがどうしてこの爺に渡すことになったのだ？

召使　不憫になったのでございます、ご主人さま。

（一一七五～一一七八）

かつて赤子を「不憫」に思って救った男が、長い年月ののち、いまその救われた赤子に引導を渡し、その変転を極めた人生行路を終わらせます。

オイディプス　おう、おう、これで何もかもはっきりした。／おお、陽の光よ、そなたを拝むのもこれが最後だ。／わたしは生まれてはならぬ女から生まれ、／交わってはならぬ女と交わり、殺してはならぬ男を殺したのだ。

（一一八二～一一八五）

懸案だったライオス殺害犯人の数の特定は脇に置かれたまま、オイディプスの出自の解明が進み、その結果としてライオス殺害犯人はオイディプスであることがわかったようになっています。犯人捜索は最終目的ではありません。それは出自探求の一手段だったのです。アポロン神はライオス家の親子に過酷な運命を課しました。まずライオス・イオカステ夫妻に「生まれてくる子の父親殺し」を予言し、時を置いてその子オイディプスに「父親殺しと母子相姦」を予言しました。三人はこれに振り回されます。そして最後にすべてが、つまりライオス殺害犯人捜索の裏に隠れていたオイディプスの出自探求の結果が、召使の告白によって明らかになります。

召使はこの劇の狂言回しです。作者は彼にその役目を負わせたのです。彼はこの残酷な悲劇の開幕のベルを鳴らしました、「不憫」になって赤子を助けることによって。次に、成長した赤子オイディプスが「父親殺し」をするときに、彼は目撃者としてその場にいました。また「母子相姦」の場にもいたはずです、イオカステがこう言っていますから、「（召使は）現場から戻って来て／あなた（オイディプス）が王位に就いているのを見、ライオス殿が亡くなったことを知ると、／わたくしの手を取らんばかりにして、田舎へやってくれ、／羊が群れる牧場へ行かせてくれ、と頼み込みました。／できるだけ遠くへ、この城市を見ないで済むようにと」（七五八〜七六二）。そして今、オイディプスが自らの出自を確認する場にも居合わせています。

彼はこの壮大な一篇の悲劇の観覧者でした。彼はずっと見ている人でした、初めに「不憫」になって赤子を救ったとき以外は。このときはただ一度行為したのです、オイディプスをこの世の悲しみの舞台へ送り出すという行為を。それ以後は人生の舞台を生きていくオイディプスをただ見ているだけにとどまり、観覧席を走り出て舞台に駆け上がることはなかったのです。ただもう一度終幕のベルを押しました。それまでに見てきたオイディプスの生涯の証言者となりました。そしてそのあと彼は深い悲しみをたたえた眼差しで、そしておそらくは「なんと不憫な」と思いつつ、国を出て行く老残の盲人を見送ることになったのです。ひょっとして「あのとき赤子を殺しておけば」と思ったかもしれません、いや、「それはできなかった、すくなくともあのときのわしには」とも。

彼は鬼子であることを知りつつも、不憫だからと赤子を助けたのでした。人間界の悲劇はおおむねこのようにして起きるのです。

第5章　ソポクレス『アンティゴネ』（前四四二年）――覚悟

第五日目になりました。本日はソポクレスの『アンティゴネ』（前四四二年）という劇です。先回同様ソポクレスの作品で、同様に名作、いや問題作とされ、今日でも好んで上演される人気作品です。

その理由の一つに、主人公アンティゴネの自らの信条に命を懸けて執着する強さと敵役クレオンの世俗的権力との対立抗争があるでしょう。しばしば「神の法vs.人間の法」という二項対立の図式で取り上げられるものです。

前五世紀のアテナイ市民社会においては、法、自由、知、徳・勇気の四つがギリシア人の民族性、その重要な価値観とされます（ヘロドトス『歴史』第七巻一〇二節以下）が、このうちの法《ノモス》に注目して前五世紀のアテナイ人の精神状況を探り、作品の解釈をしてみましょう。

［劇の粗筋］オイディプス王の死後、その娘アンティゴネはテバイの王権をめぐる二人の兄エ

テオクレスとポリュネイケスの争い（テバイ攻防戦）に巻き込まれます。兄たちは互いの決闘で勝敗を決しようとしますが、相討ちとなって双方ともに斃れます。戦後に王位に就いたクレオンは、反逆者ポリュネイケスの死体は埋葬禁止との触れを出します。アンティゴネは死者の埋葬は人間社会の古来の慣習法であるとしてこれを尊重し、触れに反して埋葬を強行し、逮捕され、獄死させられます。

1　アンティゴネの立場

劇は冒頭から死の匂いに満ちています。アンティゴネがそれを口にします。

死ぬことは、ええ、もう覚悟の上です。／たとえあなたが死罪を宣告していなかったとしても、です。／寿命が尽きる前に死ぬことになっても、それはわが身の利得ともうせましょう。／わたしのように数多い禍にまみれて生きている者は死ぬほうが得なんです、／ええ、間違いなく。（四六〇～四六四）

こう言いながら、しかし彼女は生の世界を全く否定しているわけではありません。彼女はクレオンの息子ハイモンと婚約しています。婚約は妻、母という未来の生の世界へつながるものです。それでいて、しかし彼女はクレオンの埋葬禁止令に違反して、死刑覚悟で、兄ポリュネイケスの死体埋葬を強行しようとします。そのために妹イスメネに協力を依頼しますが、イスメネは断ります。

アンティゴネ　わたしはあの方のお弔いをするつもり。／それをやって、それで死ぬのなら結構なことじゃないの。（七一〜七二）

イスメネ　わたしだって神さまのご意向をなみするっていうのではありません。／国の決まりごとに無理に逆らうほど、強く生まれついてはいないということなの。（七八〜七九）

身近な者の死とどう向き合うか。普通なら古くからの慣習通りしめやかに喪に服すことになりますが、それが共同体全体の政治的な動向とかかわってくると、問題化してきます。テバイはいま敵の侵略を辛うじて免れたものの、戦禍の痛手から立ち直り国家再建の途次にあるところです。その指導に当たるクレオンは、アンティゴネの言辞行動はわからぬわけではないものの、いまは「それどころではない」のです。イスメネの立場は、二人の間に挟まって苦悩し揺れ動く一般市民のそれに他なりません。イスメネに拒否されたアンティゴネは、死罪は覚悟のうえで単独で埋葬を強行します。

2　二度の埋葬とその意味

アンティゴネは埋葬を二度行います。一度目は夜明け、二度目はそれから五～六時間後の正午です。一度目は現場に短時間いて、見張り番に見つからずに帰ってきました。死を覚悟しての行動ですから居残って逮捕されてもいいはずですが、帰ってきました。なぜでしょうか？　ここに生への未練、死を恐れる弱い姿を認めることは可能でしょうか？

二度目のときは見張り番に捕まり、クレオンの前に引き出されてきます。彼女は埋葬行為の理由をこう言います。

――アンティゴネ　あなた（クレオン）が出されたお触れはしょせん人間が作った限界あるもの、

／文字に書かれてはおりませぬが、ゆるぎない神々の掟を超えることができるほどに／強いものではないと、そう思ったのです。

（四五三～四五五）

ここで彼女は神の法と人間の法を対比的に捉え、その相違と優劣をはっきりと述べています。古来人間社会に慣例的に認められ施行されてきた慣習法は、権力者が恣意的に作り出した法令よりも尊重されるべきだ、というのです。

このときイスメネもクレオンの前に顔を出し、劇冒頭と打って変わって姉アンティゴネの弁護に弁舌を振るいます。そして自分も一緒に死なせてくれと言います。今度は逆に姉が妹の申し出を拒否します。自己の信念一途に生きるアンティゴネは、時と場合で言うことが変わるイスメネに向かって冷たく言い放ちます。

アンティゴネ　自分の身を気遣いなさい。逃げ出したって何とも思わないから。
イスメネ　ああつらい、運命を共にしたくないっていうのね？
アンティゴネ　だって、あんたは生きる道を、わたしは死ぬ道を選んだんですもの。

（五五三～五五五）

ところでアンティゴネにはハイモンという婚約者がいました。王クレオンの息子です。しかしアンティゴネはこの彼に頼ることは一切していません。懸案のポリュネイケス埋葬問題からしてそうです。いえ、二人が舞台上で顔を合わす場面すら一度もないのです。ハイモンは父クレオンにアンティゴネの助命嘆願をします。やっと許しを得て獄中に駆けつけますが、一足遅く彼女は自ら命を絶った後でした。

いったいアンティゴネは婚約者ハイモンのことをどう考えていたのでしょう？　愛していなかったわけではないでしょうが、それよりも兄の埋葬にかける思いのほうが強かったような、そんな気がします。いえ、それほどまでに神の法にかける信念が強かったということでしょうか？

3　五七二行の問題

ここに一つ反証があります。五七二行の問題です。これをイスメネのセリフとするかアンティゴネのセリフとするか、という問題です。

中世の写本ではずっとイスメネのセリフでした。近世、ヴェネチアの古典学者にして出版業者でもあったアルドゥス・マヌティウス（一四五〇?～一五一五年）がこれをアンティゴネのセリフと読み替えた校本を出版しました（一五〇二年）。以来現代にいたるまで多くのテクストはこの読み方を是として採用しています。

イスメネ　あの二人ほどぴったり気が合った者同士はいませんよ。
クレオン　あんな不良娘、息子の嫁になど、御免蒙る。
アンティゴネ　まあ、ひどい！　ハイモン、あなたのお父さんたら――
クレオン　くそ、いやというほど悩ましてくれる、おまえも、結婚話も。
イスメネ　じゃ、息子さんとこの人、一緒にさせんというんですね。（五七〇～五七四）

このアンティゴネのセリフ（五七二行）は、劇中で彼女がハイモンに言及した唯一のものですが、同時にまた生の世界に繋がるものでもあります。いわば婚約者に向けた愛のひと言と言ってよいでしょう。この一言を得て、わたしたちはアンティゴネがただ単に神の法という信条に従ってのみ生きる頭でっかちな存在ではなく、愛を知る心を持った心暖かな若い女性でもあると理解できるのです。作者がハイモンという婚約者を登場人物に加えた意図が、この五七二行を得て初めて分かるのです。アルドゥスの改変はこういった事情を勘案してのことだったことは疑いないところです。わたしたちはここに一人の恋する乙女を得たのです。

4　クレオンの立場

さて、意に従わぬアンティゴネにクレオンはどう対処したでしょうか？

ええ、もちろん彼女の大胆不敵な行動を認めようとはせず、厳しく当たりました。ポリュネイケスの埋葬禁止がそれでした。違反した彼女を逮捕し、牢獄へ送りました。ハイモンの忠告と嘆願にも耳を貸しません。クレオンが変心するのは、盲目の予言者テイレシアスの忠告を聞いてからです。テイレシアスは、「死者を地下の神に手渡さず、／無惨や、葬儀もせず、地上に放置して不敬の業を働いたがため」（一〇七〇〜一〇七二）に、「あなた自身の家族のうちから／死人を出すことになりましょうぞ」（一〇六六〜一〇六七）と言います。

これを聞いたクレオンは、合唱隊の長にも急かされて、獄中に閉じ込めているアンティゴネの釈放に自ら出向くことになります。しかし遅すぎました。すでに彼女は自殺して果てており、それを知ったハイモンは悲しみのあまり、そのあとを追いました。息子の変事を耳にしたハイモンの母親エウリュディケも続いて自死します。あとにはただ一人クレオンが残されました。テイレシアスの予告通りになったのです。

クレオンは激しく落胆します。戦後の国家再建に邁進する指導者としての強い姿は、息子と妻を失った今、跡形もなく消え失せました。その口をついて出るのは悔恨に満ちた弱音、泣き言です。

クレオン おお、間違った考えにかたくなに固執するあまり／死をもたらすまでに至った過ちよ、（……）おお、息子よ、まだ若いのに、思わぬ定めで、／ああ、死んでしまうとは、逝ってしまうとはなあ、／それもおまえのせいではない、／このわしの愚かさゆえだ。

（一二六一〜一二六九）

妻のエウリュディケの死を知っては、こう言います。

クレオン おお、なんと辛いことだ。／これは誰のせいでもない、わたしが悪いのだ。

（……）おお、供の者らよ、直ぐにもわたしを連れて行ってくれ、／この場から連れ去ってくれ。／無以外の何者でもない存在となり果てたこのわたしを。（一三一七～一三二五）

息子の死は「間違った考えにかたくなに固執するあまり」の「わが愚かさ」ゆえだと、クレオンは言います。「間違った考え」とはアンティゴネを死に追いやった埋葬禁止令のことでしょうか？　「わが愚かさ」とは神の法を尊重せず、人間の法に固執したことでしょうか？

いずれにせよ妻子の死に打ちのめされたクレオンは、ここでもう人間の法を持ち出すことはしません。かつて彼はこう言いました、「法を犯し、蹂躙し、／主人に向かって指図しようとするような輩は／このわたしから褒めてもらおうなど、もってのほかだ。／いや、国が推挙した人間の言うことには絶対服従だ」（六六二～六六六）と。この、共同体のリーダーとしての権威に裏打ちされた強い自信は、今や失われて見る影もありません。彼もまた一個の弱い人間だったと言えばそれまでですが、事の前後の姿のあまりの落差の激しさに唖然とする思いです。神の法 vs. 人間の法という二項対立は、もはや成立しません。

クレオンはどこかで間違ったのでしょうか？　いえ、そうではありますまい。彼は国家再建のために己にできる方法で努力したのです。ただ弱すぎたのです。要らぬ気を使い過ぎたのです。右顧左眄せずに決めた途を最後まで貫き通せばよかったのです。が、その力が、いや覚悟がなかったのです。息子の死も妻の死も予定表に入れておけばよかったのです。いや、入っていたはずなのです。己の仕事はそれほどの犠牲を伴うものだと覚悟しておくべきだったのです。予言者の文言は聞き流せばよかったのです。政治の仕事、共同体の運営はそれほどに重いもの、また過酷なものです。しかし残念ながらそれは誰からも認めてもらえない態のもの、と割り切らねばならないのです。泣いても誰からも同情してもらえないのです。

ソポクレスが描いたクレオンに物足らなかったのでしょうか、二〇世紀の劇作家ジャン・アヌイは、その作品『アンティゴーヌ』（一九四二年）でクレオンをして「わしは損な役柄を担当させられたにすぎん」と自嘲気味に嘯かせています。ということは、一方のアンティゴネ（アンティゴーヌ）はせいぜい得な役柄を引き当てただけのことなのです。断っておきますが、この作品はソポクレスの作品の解釈ではありません。まったく別の作品です。

余談ですが、芝居が跳ねた後、ひょっとするとエウリピデスあたりが、席を立ち家路をたどりながら、「あそこでクレオンを泣かせてはいかんな」と胸中つぶやいていたのではありますまいか。

5　再び五七二行

先ほどアルドゥス版の話をしました。五七二行のイスメネのセリフをアンティゴネのそれと読み替える措置です。アルドゥスの提案によってアンティゴネはハイモンの婚約者にふさわしい恋する女性に生まれ変わりました。ですが……ここで一つ提案です。

アルドゥス版を用いずに、中世以来の写本のままで読んだらどうでしょうか？　五七二行を写本通りイスメネのセリフとするのです。するとアンティゴネは婚約者ハイモンに劇中では一言も声をかけることなく、一人で死んでいくことになります。救助に駆けつけたハイモンに生前会うこともなく、です。アンティゴネをなんとか助けようと懸命に父クレオンに掛け合ったハイモンの姿を知っているわたしたちにとっても、なんとも辛い話です。婚約者からひと言の言葉ももらえなかったハイモンも可哀そうだし、声をかけてやれなかったアンティゴネの心中も察して余りあります。

しかしどうでしょう？　無言のままに逝ったアンティゴネは、その振る舞いは、むしろすっきりしていてよかったのかもしれません。埋葬禁止令発令を一つの大きな節目として、彼女はもう生の世界を見限り、死の世界へ旅立ってしまっていたのです。生への未練を断ち切ってしまっていたのです。五七〇行以下のイスメネとクレオンとの一行ずつの緊迫した遣り取り――スティコミュティア（一行対話）といいます――は通常二名の俳優によって展開される形式です。そこに第三の俳優が割って入ることは許されません。五七二行をアンティゴネに割り当てることは劇作技法上、通常は許されない違反事項なのです。ただ違反であるがゆえに、逆に注目を集めることになり、アンティゴネのセリフとしての特異性、重要性が増すことにもなります。先ほどわたしたちはそのアンティゴネのセリフとしての特異性に注目し、そこに情感あふれる人間味を見出そうとしたのでした。彼女は死に急ぎながら、たった一言婚約者への愛を表明したのです。そう解釈したのでした。

しかしこれはわたしたちの心の弱さを露呈する、いかにも人間的に過ぎる解釈ではありますまいか？　死を覚悟した者は愛する者への別れを、生の世界への未練を、嫋々《じょうじょう》と述べるものではありません。いや、述べることはありません。生の世界を見切った者に、端にいるわたしたちが余計なお節介をする必要はありません。後を追うハイモンにとっても、そのほうが良いのです。散文的に別れたらよいのです。あれはイスメネのセリフとするほうが良いのではありますまいか。アルドゥスは余計なことをしたのではありますまいか。

クレオンにとっては、五七二行がアンティゴネ、イスメネのどちらの発言であろうと、対処の仕方に変化はありません。自ら発令した法令に則ってアンティゴネの違反行為を取り締まるまでです。このあとすぐ彼は強権を発動してアンティゴネを投獄処分にします。彼がその態度をガラリと一新するのは、テイレシアスの予言を聞き、息子と妻の死に出会ってから後のことです。妻子に死なれたクレオンは自信に満ち溢れた共同体指導者としての姿からごく普通の家庭の家長へ、家族思いのひとりの親父となり果てました。

相手が神の法を言い立てるのなら、自分は人間の法に拠って立てばよいのです。そのためにたとえ妻子に死なれても、それは私事にすぎぬことと豪語すればよいのです。それが共同体を運営する者の義務であり、矜持であり、最低限の仕事であるはずです。

しかしこれはこちらの妄言、勝手な無いものねだりでしょう。五七二行をどちらが発言しようと、作者は国家指導者として必要な非情さを失って落魄《らくはく》し泣き言を並べるクレオンを登場させてしまっているのですから。それが不満だとしてもこちらの都合で変えることはできないのですから。けっきょく作者は『アンティゴネ』と題するこの一篇で神の法にも触れ、人間の法にも触れていますが、煎じ詰めればクレオンという一人の男の、確固たる信念を持ち得ぬ、持つべき場に恵まれながら持ち得ぬままに終わった一人の男の、その心の弱さを描いたのです。

第6章　ソポクレス『トラキスの女たち』（上演年代不詳）――未必の故意

第六日目になりました。ソポクレスの作品をもう一篇見ておきましょう。

ギリシア神話伝承の世界で最大の英雄豪傑はヘラクレスです。彼はギリシア世界の隅々まで、いや冥界にまで足を延ばし、世間を騒がす悪漢盗賊、人心を惑わす化け物怪物魑魅魍魎《ちみもうりょう》をことごとく退治し平定して、国土の安寧を確立せしめた男です。中でもアルゴスのエウリュステウス王の依頼に応えて行なった「十二の功業」と称される冒険事業は有名です。その、この世でだれ一人叶わなかった最強無敵の男が、あるときあっさりと命を奪われました、か弱い一人の女の手で。

この無敵の男の命を奪ったのは妻デイアネイラです。外に強い男は内に弱いと言います。それにしてもヘラクレスほどの男がか弱い女性に、しかも妻たる女性にあっさり負けて命を失うとはどういうことでしょうか？　ヘラクレスが落命するとは尋常ではありません。なにか訳がありそうです。まずは劇の粗筋を見てみましょう。

［劇の粗筋］ヘラクレスはエウボイア島の町オイカリアを攻め落とし、美しき王女イオレを捕虜としてトラキスの留守宅へ送りつけます。留守居の妻デイアネイラは、イオレは夫ヘラクレスの新しい愛人であると見破り、夫の愛を取り戻そうと媚薬の使用を思いつきます。媚薬はじつは毒薬でした。断末魔のヘラクレスは服用した薬が、かつて彼が弓で射殺したケンタウロス族のネッソスゆかりのものと聞き、納得して死んでいきます。

1　デイアネイラ像

夫に愛人ができた場合、妻はどうするか？　デイアネイラはイオレが夫の愛人であることをすぐに見破りました。

デイアネイラ　（……）おお、可哀そうに、若い方、そなたはどこの誰です？／未婚ですか、いいえ、子持ちの母か？　いいえ、見たところ、／世帯やつれしたところがない。どことなく品がある。／リカス、この異国のおなごは誰です？／母親は誰、生みの父は？　さあ、

言いなさい。／見てますとね、皆の中であの子がいちばん気になるのです。／ものごとをきちんと捉えることができる子です。（三〇七～三一三）

デイアネイラ　王族の子ではないのですか？　エウリュトスの胤《たね》であったとか。

リカス　いや、存じませぬ。多くを聞きませんでしたから。（三一六～三一七）

メデイアは、別に女を作って自分を捨てた夫への復讐のために自分たちの子供を殺します（後出）。デイアネイラはそこまで強く思い込むことはありません。刃傷沙汰などもってのほかです。彼女はこう言います。

うちの旦那様が恋の病に罹っていると文句をいえば、／わたしのほうがおかしいだけのこと、／あの娘がそうだとしても、あの娘に罪はないし、／こちらが恥ずかしがること、困ることは一切ない。（四四五～四四八）

夫も夫の愛人（らしき女性）も傷つけることなく、平和裡に夫の愛情を取り戻そうと、媚薬の使用を思いつきます。都合よく手元に媚薬がありました。新婚の頃、夫婦での旅の途中、彼女に邪心を抱いた怪物ケンタウロス族のネッソスを夫ヘラクレスが射殺したことがありました。そのいまわの際に、「夫に裏切られたときこの媚薬を使うとよい」と、こっそり手渡されたのです。夫がエウボイア島で犠牲式を催すと聞き、その媚薬を塗り込んだ式服を使いの者に託します。

案に相違してそれは毒薬だった――とはよくある話です。ネッソスはかつての恨みをあの世から晴らしたのです。ただ彼女はこの媚薬を使用する際、しばし迷います。そして合唱隊――地元トラキスの女たち――に相談を懸けます。懸けられたほうは勧めます。

デイアネイラ　（……）思い切る、でも間違った方向に思い切るのはやめです。／そんな気はありません。そんなことをする女は嫌です。／でももし媚薬の力であの娘を抑えられるのであれば、／ヘラクレスへ媚薬を投じて。／これはやってみる価値がある、愚かな真似ではないと思えるなら。／どうかしら、思えないのであれば、やめにします。

合唱隊の長　一途《いちず》に信じておやりになるのであれば、／悪いお考えではないと、わたしたちも思います。

（五八二～五八九）

これを聞いてデイアネイラは媚薬の使用に踏み切ります。しかし薬を塗るのに用いた刷毛が、その後陽光に当たってボロボロに崩れたのを見て不安になります。

デイアネイラ　（……）殺された怪物から出てきた／あの黒い血は毒です、あの人だって　命を失わずにはおれぬはず、／こうわたくしは考えました。／あの人にもしものことがあれば、わたくしも一緒に死にます。／わたくしたちは一心同体、そう思っています。

（七一六～七二〇）

合唱隊の長　倒されても故意でされたのじゃなければ、／誰もそう怒ったりはしません、そう思えばよろしい。

デイアネイラ　心配事がないからこそ、そんなことが言えるのです。

（七二七～七二九）

そこへ夫ヘラクレスの様子を見に行かせた息子ヒュロスが戻って来て媚薬投与の悲劇的結

末を告げ、母親デイアネイラを激しく非難します。

ヒュロス　（……）母上、あなたはわが父上にこのようなことを意図しておこなったのです。／正義の神の鉄槌、また復讐の神からの罰は免れませぬぞ。／できるなら法に訴えたい。／法的措置、いいえ、あなたがそうせよと仕向けるのです。／あなたはこの地上で最も優れた男子を殺めたのですからね、／他にはちょっと見つからぬようなお人をね。

（デイアネイラ、館内へ）

合唱隊の長　何もおっしゃらずに行かれるのですか？／ひどいことを言われたのに、黙ったままでは認めることになりますよ。

ヒュロス　行かせてあげろ。うまいぐあいに風が吹いて／行く道を助け、見えなくなってくれれば、いっそ嬉しい。／母親らしい品位は名ばかり、敬うだけ無駄だ。／それらしい振る舞いは何一つない。／さあ、心楽しく行かれるがよい。わが父上に与えた喜びを／こんどはおのれが受け止められるがよい。

（八〇七〜八二〇）

ます。

2　ヘラクレスの反応

妻がよこした式服に塗りこめられていた猛毒に身体を焼かれたヘラクレスは驚きかつ怒ります。

ヘラクレス　いや、これほどのことは戦の場での槍も、／大地から生まれた巨人族の軍勢も、野獣ケンタウロスも、／ギリシアの未開の地も、平定して歩いた遠征の地も、／いずれも未だ成し得なかったことだ。／女だ、男ではない、女と生まれた者が／たった一人で、剣も使わず、俺を仕留めたのだ。

（一〇五八〜一〇六三）

ヒュロス　あなたの愛を取り戻そうとしてしたことが裏目に出たのです。／一つ家に二人の妻となったのを懸念したのです。

ヘラクレス　トラキスの里の誰だ、あんな薬を調合したのは？

ヒュロス　その昔ケンタウロス族のネッソスが母上をうまく言いくるめたのです、／あなたの愛情を取り戻すにはこの薬を使えと。

ヘラクレス　おう、おう、惨めだ、情けないことになった。／破滅だ、破滅だ、行く手は闇だ。

（一一三八〜一一四四）

そしてこの毒がケンタウロス族のネッソスに由来するものと知らされると、彼は観念して死に臨みます。

ヘラクレス　（……）わしには昔父親から引き継いだ伝言があった。／わしは人間には誰にも殺されることはない、／わが息の根を止めるのは冥界に住まう者だと。／ほら、あの怪物ケンタウロスだ、神のお告げ通りだ、／今はもう死んだ身でありながら、生きているわしを殺したのだ。

（一一五九〜一一六三）

自らの死がネッソスに由来するものと知ったヘラクレスは、妻デイアネイラへはもう怒りを向けることはなく、死に支度をします。しかし長年連れ添った妻デイアネイラへは何も言い残すことはしません。赦すとも赦さぬとも、ねぎらうともねぎらわぬとも言わぬままです。

3　**デイアネイラは毒薬であることを知っていたか？**

彼女が媚薬を準備するあたりを見てみましょう。

デイアネイラ　（……）糸で織ったこの衣服、さあ、これを持って帰って／わが旦那様に差し上げておくれ。／それで、これを手渡しながらこう言うのです、／ほかの何びとも、あなたより先に肌にまとってはなりませぬ、／これを太陽の光に晒してはなりませぬ、／神聖なる神域、祭壇の火にも近づけてはなりませぬ、／牛を犠牲に捧げるその日に、ご自分がそれを着て／神の御前に立ち、はっきりと見ていただくより前は、と。

（六〇二～六〇九）

これは媚薬使用の心得であると同時に、毒薬使用の心得でもあります。媚薬であれ毒薬であれ、ヘラクレスは必ず使用することになります。媚薬であればヘラクレスはわが身の許に帰ってきましょう。毒薬であれば死んで戻ってきます。いずれにせよ戻ってくるのです。生身であれ死体であれ、夫はわが手の内に戻ってきます。わが手の内にさえあれば、死んでいようと生きていようと構わなかったのです。それが愛というものかもしれません――少なくともデイアネイラにとっては。

毒薬を媚薬と偽って呑ませることは、許されるのかもしれませんね、愛を取り戻すことが目的であったのですからね。しかしまた愛だけが生きていくうえでの絶対条件ではありませんけどね。

「未必の故意」という法律用語があります。こう説明されています、「行為者が、罪となる事実の発生を積極的に意図ないし希望したわけではないが、自己の行為から、ある事実が発生するかもしれないと思いながら、発生しても仕方がないと認めて、あえてその危険をおかして行為する心理状態」（広辞苑）と。

とはいうものの自ら手を下した夫の遺体は、担うにはあまりにも辛すぎる重荷でした。

第7章

エウリピデス『メディア』（前四三一年）――狂う

第七日目です。今日から三大作家の三人目、エウリピデス（前四八五〜四〇六年）の作品を見ていきます。

この人は古来人気作家でした。現存するギリシア悲劇全三三篇のうち一九篇（約2／3）が彼の作品であることが、それを物語っています。ちなみにアイスキュロスは七篇、ソポクレスも七篇です。

彼の作品の特徴はよい意味での通俗性です。他の作家と同様に劇の素材はギリシアの神話伝承でしたが、そこに庶民の目を持ち込み、人間の崇高で敬虔な面ばかりでなく、環境に支配され人間関係に疲れて右往左往する巷の人間の生活の営みを赤裸々に描き出しました。そこには各種の生きた人間たちが登場してきます。

一人目はメデイアという女性です。

〔劇の粗筋〕アルゴ船に乗って黒海の東端コルキスまで金羊皮略奪の旅に出たイアソン（ギリシアのイオルコスの地の王子）は、コルキスの地の王女メデイアの協力でそれを獲得し、メデイアも連れてギリシアへ帰国します。しかし当てにしていたイオルコスの王座は得られず、メデイアら妻子を伴ってコリントスまで流れて来ます。そのコリントスでイアソンはクレオン王の娘クレウサと結婚し、メデイアを捨てます。怒ったメデイアはクレウサとクレオンを毒殺し、また自分の子供らをも殺してイアソンに復讐し、アテナイ指して逃亡します。

1　裏からの声

劇が始まります。冒頭、乳母と守役が主人メデイアの様子を噂しています、メデイアは自分の置かれている状況を怒り嘆いていると。乳母が言います、「あの怒り、誰かの上に落ちるまではけっして止むことはありません」（九四）と。その嘆き、怒りの声を聞いてみましょう。

主人公メデイアが舞台に登場するのは二一四行です。それまで彼女は舞台裏（正面の館の中）にいて、声だけで舞台に参加します。合計四度です。

ああ、惨めな、哀れなこのわたし、ひどい目に遭わされて、／ああ、いっそ死ねたらよいものを。

（九六～九七）

一回目――自らの破滅を願う心の吐露です。

ああ、ひどい目に遭わされた、惨めな私、／嘆いても嘆ききれないほどひどい目に遭わされた。／おお、呪われた身のこの母の疎ましい子供らよ、滅んで果てよ、父もろともに。／この家も根こそぎ絶え果てるがよい。

（一一一～一一四）

二回目――子供、夫、家の破滅を願うものです。

ああ辛い、おお、ゼウスよ、大地よ、陽の輝きよ。／この頭、天の炎に刺し貫かれたらよい。／これ以上生きたとて何の甲斐があろう。／辛い、悲しい、いっそ死んで楽になりたい、／嫌なこの世を振り捨てて。

（一四三～一四七）

三回目――自らの破滅願望。

おお、大いなるテミス、それにアルテミスの女神さま、／このわたしがどんな目に遭っているかご覧でしょうか、／いまは憎いあの人ともきちんとした誓いの下に結ばれたわたしでしたのに。／あの人と花嫁とがいつの日にか／家もろともに滅ぶところをみたいもの、／あちらが先にわたしをいじめたその罰に。／ああ、お父さま、ああ、故郷よ、それらを捨てて出てきたわたし、／無惨にも、実の弟をこの手にかけて。（一六〇～一六七）

四回目――イアソン、クレウサ、王宮の破滅を願望。

ここには三つの可能性が予示されています。自らの破滅、子供の破滅、イアソンとクレウサの破滅です。

2　メディア登場

二一四行でメディアが表舞台に登場してきます。そのメディアにコリントス王クレオンはコリントスからの追放処分を通告します。これをしおにメディアは復讐を選択します。先ほど舞台裏で語られていたメディアの心中の思いが表舞台の観衆の前で実現されていきます。それはどのように展開し、どのように成就するでしょうか。

復讐計画《ブーレウマタ》は、イアソン、クレウサ、クレオンを毒殺するというものです。ただし条件が付きます。「何か確実にわが身を守ってくれるものが現れ出てくれるようであれば」（三九〇）やる、というのです。彼女は復讐に加えて逃亡（身の安全）まで考慮しています。衝動的なヒロイズムは、彼女の採るところではありません。その計画は用意周到です。

しかしこの計画は途中で変更されます。本篇に登場する三人の男親の言辞から、その自分らの子に対する切ないほどの愛と期待を、メデイアは読み取ります。「そうだ、子供を使えばよい」と彼女は考えます。イアソンを殺しても復讐の快感は一瞬だ、子供を殺せばイアソンは死ぬまで苦しむことになる、これこそ極上の復讐ではないか、とメデイアは考えるわけです。復讐計画はクレウサ、クレオン毒殺はそのまま、イアソン殺害が子供殺害に変更されます。

そうなるとしかし「子供殺し」がこの劇の大きな問題点となってきます。「子供殺し」はイアソンへの最善の復讐手段ですが、またそれは、すなわち「わが子殺し」は、母親メデイアにとって最悪の行為でもあるわけですから。最悪でもあり最善でもあるこの行為を、メデイアはどのようにわが身に納得させ、乗り越えるのでしょうか？

3　イアソンの弁明

イアソンは長年連れ添ってきた妻メデイアを捨て、いまではコリントスの王女クレウサと一緒になっています。その彼がメデイアのコリントス追放令を聞きつけ、今後の行く末を案じてやってきます。

メデイアは彼の忘恩を詰《なじ》ります。金羊皮奪取に始まるメデイアの数々の献身行為を、イアソンは無視しました。結婚のときの誓いも一方的に破りました。いままた出世の道に繋がりそうな有力な伴侶を手にして、過去と一切手を切ろうとしています。メデイアの舌鋒はいやがうえにも激しく鋭くならざるを得ません。イアソンは三点を挙げて反論、いや説明します。

①　エロス論　イアソンは「エロス（恋の神）がおまえ（メデイア）に逃れられぬ恋の矢を射かけて、／無理やりわたしを救うように仕向けたのだ」（五三〇～五三一）と弁明します。つまりおまえが先におれに惚れ込んだのだと、すべての不都合は惚れた弱みと心得よ、と。

②　文明社会ギリシア讃　おまえはあの草深いコルキスから文明の地ギリシアへ来て、その恩恵を受けている。おれと知り合ってこその文明享受と強弁します。

③　子供愛の強調　祖国出奔以来の長い結婚生活を切り上げてコリントス王女と一緒になっ

たのは、「おまえと子供たちのために良かれと思ってしたこと」（五四九）、すなわち「日々の暮らしに欠けるものがないようにしたいと思ってのこと」（五六〇）、また「子供たちをわが家にふさわしいかたちで育て上げたい」（五六二）からだと言います。

これは年齢を重ねてもなかなか世に出られない男の心情として、いつの世でも受け入れられやすいものです。エウリピデスは世情をよく心得ています。

イアソンのこうした湿っぽい弁明を、メデイアは一刀のもとに切って捨てます。わたしと別れたがったのはそんなキレイごとではありますまい、「蛮人の娘と結婚したことが／歳をとるにつれて、世間体の悪いものに思えてきたのです」（五九一〜五九二）と。ぐさりと肺腑を突く一語です。男は見栄で生きる動物です。

4　子供のモチーフ

アテナイ王アイゲウスが登場します（六六三）。世継ぎ誕生への願望が高じてデルポイまで神託を伺いに行った帰り道です。メデイアは彼に身の保護（復讐後の逃亡先）を依頼します。

アイゲウスは世継ぎ誕生の約束を交換条件として応諾します。これによって復讐の最終案が決定します。今後イアソンの子供を産む可能性があるクレウサ毒殺とわが子らの殺害です。クレオン、イアソン、アイゲウスという三人の男親の「子供への執着」が、メデイアに復讐手段としての子供殺しを思いつかせたのです。

ちなみにクレオンも、その子供への執着ぶりを以下のように表明しています、「子供を別にすれば、わたしだって祖国がいちばん大切だと思っている」(三二九)——つまり子供がいちばん大切だと。

ローマ時代のセネカはこの作品をリライトするかたちで『メデア』を書いていますが、メデアが子供殺しを思いつくくだりはあっさりとヤソン(イアソン)の発する言葉からにしています。

——それほどまでにこの男は子供を愛しているのか。

よし、こいつはいい、尻尾をつかまえたぞ、どこを押せば痛めつけられるか、わかった。

(五四九～五五〇)

ここには決断と実行を宗とする腹が据わった実行者の姿が見て取れます。ここにはエウリピデスが描いたメデイアのような、小利口な交渉をして将来の安寧（アテナイという逃亡先の確保）を確保しようとするような策士の姿はありません。大事の前に熟慮——行為者たらんと欲する者は銘とすべき要諦です。しかしまた行為者たらんと欲する者は退路を顧慮せぬ果断さが往々にして必要です。セネカが描くメデアにはその魅力があります——一抹の不安感とともに。

5　メデイアの逡巡

復讐方法は決まりましたが、子供殺し——メデイアにはわが子殺し——はおいそれとできるものではありません。一〇一九行以下六〇行にわたってメデイアは子供殺しの是非について悩みに悩みます。

一　さっき考えたことはもうやめよう（直訳　さらば、子供殺しの計画よ）　　（一〇四四）

――ああ、わが心（テューモス）よ、けっして、けっしてそんなことはしないで、／ねえ、不憫な心よ、この子供たちは許しておやり、子供たちは助けておやり。（一〇五六～一〇五七）

しかしその都度怒りが、復讐心がよみがえります。子供殺しは「計画《ブーレウマタ》」と「心、怒り《テューモス》」との二重構造の所産なのです。けっきょく母性愛は復讐という女としての情念、また妻としての情念に負けてしまいます。

6　ブーレウマタとテューモス

上記のメデイアの長い逡巡の最後に、メデイアはこう言います。

――わたしだって自分がどれほどひどいことをしようとしているかぐらい、わかっている。／だけどわたしのブーレウマタよりもテューモスのほうが強いのだ。／このテューモスこそ人間にとってこの上ない禍のもととなるもの。（一〇七八～一〇八〇）

計画《ブーレウマタ》よりも情念《テューモス》のほうが強い、というのは、子供殺しという計画を主導するのはわが心、情念だということです。劇の前半、舞台裏で叫ばれたあの怒り、憎しみ、嘆きを理性化したものが、つまり子供殺しという最も非情で最も効果的な「ブーレウマタ」に他なりません。表のブーレウマタを裏で支えかつ統御しているもの、それが「テューモス」に他なりません。そしてこのテューモスと母性愛という同じ感性同士の葛藤はテューモスの勝利に終わります。女として、妻としてのメデイアが母親メデイアに勝つのです。

知に封じ込められていた魔性が再び顔を出します。しかしこの魔性は魔女メデイアの魔性ではなく人間メデイアの持つ魔性、人間の誰の心中にも深く蔵されている普遍的な魔性と解釈されてしかるべきです。

テューモスとブーレウマタを感性と理性の対立と見なすべきではありません。情念《テューモス》が対立するのは一〇七八行にみえている「わかっている《マンタノー》」です。すなわち母性愛かつそれが理性化されたもの、さらに言えば子供殺しを悪と自覚する「知」です。この「知《マンタノー》」を「情念《テューモス》」が凌駕します。子供殺しは実行されてしまうのです。一〇七八〜一〇八〇の三行はそういう意味です。テューモスという原初的な感情＝怒り、情念は一つの力です。かつて舞台裏で蟠《わだかま》っていたあの原初的な情念が一つの力となって戻ってくるのです。

6　子供殺しの意味

舞台は無人となります。舞台奥の館内でメデイアによる子供殺しが行われます。逃げ惑う子供たちの叫び声。メデイアは無言。彼女のこれまでの生き様がこの「沈黙」に込められています。これまで語られてきた恨み、怒り、憎しみ、母性愛が沈黙のもとの小剣の一閃二閃に込められています。この沈黙は雄弁です。

変事を聞きつけて駆けつけてきたイアソンが言います、

──おまえは牝獅子だ、人間の女ではない。／あのシケリアの海に棲むスキュラだって、それほどまでに猛々しい性根はしていまい。
（一三四二〜一三四三）

これは今のメデイア像が彼の小市民的範疇からいかに隔絶しているかということを、驚愕とともに表示するものでしょう。

イアソンは誤解しています。これは牝獅子の勝利──テューモスの承認──人間の内部に巣食う情念がその存在理由を与えられただけのことです。メデイアの心中に巣食う非ギリシア的なもの、非理性的なものが容認されたのです。裏からの声、内的な声が容認されたのです。これがメデイアの悠々たる逃亡の意味です。テューモスに生存権を与えたこと、ここにこの劇を書いた作家の新しさがあります。

くどいようですがもうひと言——子供殺しをすることでメデイアは「牝獅子」に変じました。しかし彼女は己の行為がよくないものであることを自覚しています。この自覚が彼女を単なる復讐鬼以上の存在にしています。言ってみれば、これこそ復讐に子供殺しを選んだ理由なのです。なぜ子供殺しかと問われれば、この一〇七八行の一行のため、「知る《マンタノー》」の一語のため、この認識のためであるといえます。逆説的ではありますが、「知る《マンタノー》」の一語を吐くために彼女は子供を殺すのです。そしてこの一語を吐くことによって、彼女はいまだそのどこかに引きずっているコルキス風の魔女性を棄却して一人の人間になるのです。

第8章

エウリピデス『ヒッポリュトス』（前四二八年）――乱れる

第八日目です。エウリピデスを続けましょう。

前四三一年、ギリシアを二分する内戦ペロポネソス戦争が勃発します。前四二九年、アテナイ政界の大立者ペリクレスが当時流行していた疫病に罹患して死去します。動乱の時代の幕開けです。

しかし大ディオニュシア祭協賛の悲劇の競演会はふだんどおり行われていました。エウリピデスが『ヒッポリュトス』その他をもってこれに参加したのは前四二八年春のことです。どんな作品か、見ておきましょう。

［劇の粗筋］舞台はコリントス南方の海沿いの町トロイゼン。アテナイ王テセウスの後添いパイドラ（クレタ王ミノスとパシパエの娘）は今は亡き前王妃ヒッポリュテ（アマゾン族の女性）の息子ヒッポリュトスを見初めて恋に陥ります。この不倫の恋は彼女の一方的な失恋に終わり

ます。彼女は自らを恥じて自殺しますが、それでいてまたヒッポリュトスを一方的に非難する遺書を後に残すのです。これを読んだテセウスは激怒し、息子ヒッポリュトスを呪い、その死をポセイドン神に祈願します。国外追放を命じられたヒッポリュトスは、その途中で事故死します。

アテナイの英雄テセウスは、クレタ島の怪物ミノタウロスを退治することによってエーゲ海文化の主導的地位の座をミノア文明から奪い取るという大仕事を成し遂げた人物です。しかしここで展開するのはごく内向きの家庭内の話――とはいえ先妻ヒッポリュテの息子と再婚した妻パイドラとの不倫の恋に悩まされるテセウスの物語です。異常なほど潔癖な息子ヒッポリュトスと雄牛に恋した母パシパエの血を引くパイドラとの間で懊悩するかに見えるテセウス。怪物ミノタウロス退治で名を挙げたテセウスですが、この難関をいかに切り抜けるでしょうか。

1　沈黙と雄弁

パイドラはヒッポリュトスへの愛を意識したとき、それにどう対処しようとしたでしょうか?

――①　愛しい思いがわたくしの身を打ったとき、なんとかこれに堪える途はないものか、／捜してみました。そこでまず最初にしたことは、／この病を黙って隠すことでした。

（三九二～三九四）

――②　次には操を正しくして心の迷いを打ち消し、／立派に耐え忍ぼうとしてみました。

（三九八～三九九）

――③　そして三番目に、いろいろやってみてもキュプリス（愛の女神アプロディテの別称）さまには／とうてい勝つことができませんので、死ぬしかないと思ったのです。

（四〇〇～四〇一）

ここにはまず恋という本能と社会規範、倫理との対立が読み取れます。死まで思うのは、不倫の愛が彼女の倫理観（名誉と恥）に抵触するからです。名誉という倫理規定は抑制的な行動、すなわち沈黙を要求します。

この苦悩するパイドラを乳母が心配します。パイドラは心中の思いを乳母に吐露します。乳母は不倫の恋の後押しをします。

――思い切ってこの恋に心をお決めなさいませ。神さまがそう望んでいらっしゃるのです。（四七六）

そしてパイドラの代理人として行動します。ヒッポリュトスと面会し、パイドラの気持ちを伝えますが、激しく拒否されます。

――（秘密を）舌は誓った。だが心までは誓っていない。（六一二）

盗み聞きしていたパイドラは、ヒッポリュトスのこの言葉から夫への漏洩を覚悟します。

まだやりかたはありますと、自らの拙策を弁明する乳母を遮って、彼女はこう言います。

――わたしのことはわたしがきちんと始末をつけます。（七〇九）

彼女はそれまでの沈黙を破り、自己を主張します。すなわち自らの恥を隠し、名誉を守るために自死を決意します。ただその際に相手のヒッポリュトスを讒訴《ざんそ》する遺書を残します。文字は声を出さぬものの雄弁です。遺書を読んだテセウスが言います。

――告げているのだ、とんでもないことを告げているのだ、書置きは。（八七七）

パイドラのこのとつぜんの変貌は、なにゆえのことでしょうか？

2　改作――二つの『ヒッポリュトス』

この作品は、じつは改作です。これ以前にエウリピデスは『ヒッポリュトス』という作品を書いています（上演年代不詳。全四一行の断片のみ残存）。このことは本篇につけられた古伝梗概（古代の研究者がつけた劇の概要。ヒュポテシスという）から明らかです。そこにはこうあります。

この劇は第八七オリンピア期の第四年目（前四二八年）、エパメイノンがアルコン（執政官）であった年に上演された。競演の結果はエウリピデスが一位、イオポンが二位、イオンが三位であった。この『ヒッポリュトス』は改作であり、『花冠を捧げるヒッポリュトス』と通称されている。これが改作であることは明らかである。（前作の）ふさわしからぬ、非難されてしかるべき点が本篇では修正されているからである。この劇は秀作の一つに数えられる。（文献学者アリストパネスによるヒュポテシス）

同一作家の手による改作という行為はたいへん珍しいものです。本篇はその珍しい例の一つです。改作は前作の「ふさわしからぬ、非難されてしかるべき点が修正されて」、見事優勝作品となりました。エウリピデスは改作によって面目を施したわけですが、その模様を、少し詳しく見てみましょう。

両作品の主たる相違点は、女主人公パイドラの姿の描かれ方にあるような気がします。それはエロス（愛、愛の神）と人間との関わり合いの相違と言ってもよろしいでしょう。

第一『ヒッポリュトス』（前作の断片）に次のようなパイドラのセリフがあります。

わたくしにこんな思い切った無謀ともいえる振る舞いを教えてくれたのはエロス、／神々の中でも最も抗いがたい神、／どんな困ったときでもやすやすと道を見つけ出してくれるお方です。

（断片四三〇）

これはパイドラの、ヒッポリュトスへの直接的な愛の言葉と読めます。先に見た改作『ヒッポリュトス』の「名誉」と「沈黙」というキイワードで捉えられるパイドラとは正反対の姿です。このパイドラ像が観客の反発を買い、それが作者に改作を決心させた――これはじゅうぶん考慮に値することと思われます。パイドラ像の変容に大きく寄与したふたつのものがあります。プロロゴス（劇の序）と乳母という登場人物です。順に見てみましょう。

3　プロロゴス（劇の序）と乳母

プロロゴスは作者あるいは演出者の観客に対する私的なメッセージを盛り込むのに適した場です。第二『ヒッポリュトス』のパイドラ像の「沈黙」と「名誉心」は、改作に伴う作者からの観客へ向けてのメッセージとして聞いてよいものです。酷評を受けてパイドラ像の改良を意図した作者は、恋の女神（アプロディテ）をプロロゴスに登場させることによって前作での大胆過ぎるパイドラの役割をアプロディテに代用させ、劇中のパイドラには静謐で名誉を重んじる姿を割り当てたのです。そしてそのことを私的なメッセージとして、あらかじめアプロディテ女神の口から言わしめたのです。

アプロディテはこう言います。

——生まれのよいパイドラがこれ（ヒッポリュトス）を見て恐ろしい恋（エロース）に心奪われてしもうたが、／それはわが企みに他ならぬ。（二七～二八）

劇はこの女神の意図通りに展開します。劇中で女神アプロディテの意図通りにパイドラを導いてゆくのが乳母です。乳母はまず不倫の恋に悩むパイドラの意中を巧みに聞き出します。そしてヒッポリュトスへの恋を知ると、パイドラに成り代わってヒッポリュトスとの交渉役を買って出ます。それが厳しく拒否されて不首尾に終わっても、なおもあきらめず交渉をやめようとはしません。彼女は主人パイドラの代理人にすぎませんが、それなりに最後までその役割を遂行しようとするわけです。

が、ついにパイドラは自らの立場を鮮明にします。追い詰められて初めて自覚したかのように。その個所をもう一度引いておきましょう。

さあ、もうどこかへ行って自分の身の心配をしておいで。／わたしのことはわたしがきちんと始末をつけます。（七〇八〜七〇九）

乳母との訣別と自らの自立を示す言葉です。良い悪いは別にして己が今置かれている場を己の意志と力とで切り開こうという決意の表示です。神が与えた気まぐれな試練、それを処世に必要な一手法とする乳母の誘導に翻弄されつつも、パイドラは自らの足で歩み出すのです。ここで彼女はアプロディテ女神の支配を脱します。補導役だった乳母の手を離れます。

4　沈黙から雄弁へ

自立を表明したパイドラは、その意志のもとに今回の件（不倫の恋）の収拾と解決を図ります。恋の重荷から逃れ、自らの名誉を守るにはどうすればよいか？　彼女は自死を決意します。そして夫に宛てて遺書を残します。その内容は、彼女が今回の事件の被害者であると装うこと、同時に彼女の願いを拒絶した相手ヒッポリュトスを非難攻撃し貶めること、そのようになる文面でなければなりません。つまりは報われずに終わった恋の復讐です。この間の心情を、彼女はこう表明しています。

わたくしは今日死んでアプロディテ女神を喜ばせましょう。

（……）

だけどもう一人の者にも、死んで仇《あだ》を返してやるつもり。

（七二六〜七二八）

この接続詞「だけど」によって局面は大きく「復讐」へと転換します。彼女は積極的な強いパイドラへと変貌します。

ところでこの遺書の文面は一切明らかにされません。読んだ（という）テセウスが「告げているのだ、とんでもないことを告げているのだ、書置きは」（八七七）と言うところから、不穏な内容が推測されているだけです。果たしてそれが正確な内容なのか、いやテセウスはじっさい読んだのかどうか、疑おうと思えば疑えるのです。

劇前半のパイドラは貞淑でおとなしく、いわば弱い姿であったのが、劇後半のパイドラは、それと対照的な強いパイドラ、いや、パイドラはもういません。死せるパイドラ、不在のパイドラに代わって「遺書」が劇を雄弁に支配するのです。「だけど」は「沈黙」から「雄弁」への転換点となるのです。

パイドラの母親は雄牛に恋をして怪物ミノタウロスを生んだクレタ島の王妃パシパエです。異常で奔放な母親の血を引くゆえの不倫の恋と理解されないこともありません。しかし不倫の恋を血統だけの問題とするのは偏頗に過ぎましょう。それだけでは恋に陥りやすいパイドラの性情は説明できても、恋が憎しみに変質し、讒訴の手紙を書き残すに至るまでの心の軌跡は説明できません。パイドラの変貌はクレタ島の王女というその出自だけに限定せず、一般化した人間すべての性情という面から考察されるべきではないでしょうか。いってみれば、そこにあるのは愛のエゴイズムです。恋の勝者に対する敗者の側からの復讐です。愛の裏返しの憎しみ、また傷つけられた自尊心です。

パイドラはメデイアのように理性と感性との対立、感性の勝利を描いているように見えて、じつはそうではありません。七〇八行以前のパイドラとそれ以後のパイドラは同次元にはいないのです。両者は別人です。劇後半のパイドラは第一『ヒッポリュトス』のパイドラです。作者は前半に貞淑なパイドラ像を提示することで前作第一『ヒッポリュトス』の悪評の払拭に努め、成功しました。しかし後半に至って強いパイドラ像を提示せざるを得ませんでした。作者が書きたかったパイドラは恋に狂う強いパイドラであり、そしてクレタ女に限定されぬ人間一般に存在する恋の恐ろしさだったのです。

ただ付言すれば、パイドラの悲劇は、たとえばメデイアのそれのように十全に描き切れているとは言えません。劇半ばで舞台から姿を消してしまいますし、その後の姿を窺うのに重要な資料となるはずの遺書は公開されていないからです。どうやらそれは作者も承知のことだったらしく、劇の題名も『パイドラ』ではなく『ヒッポリュトス』となっています。老婆心ながら、これをリライトしたセネカは題名を『パエドラ』としています。どうやら第1

『ヒッポリュトス』を下敷きにしたようです。

［補足］

パイドラとの関連で同時代の世相の一端と思えるものを証言として挙げておきましょう。

Ⅰ　アリストパネス（前四四八〜三八〇年頃）

---

① **エウリピデスの縁者**　きょうびの女に／ペネロペ（二〇年間孤閨を守って夫の帰りを待ち続けたオデユッセウスの妻）なんて一人もいやしませんよ。どれもこれも皆パイドラばかり。

（アリストパネス『テスモポリア祭を営む女たち』五四九〜五五〇、前四一一年上演）

---

② **エウリピデス**　わたしが書いたパイドラの話、あれはありもしない虚構《つくりばなし》だとおっしゃるので？

アイスキュロス　いやいや、どこにでも転がっている話だ。でもね、詩人たる者、芳しからぬことは隠しておくのが定法、／舞台に上げて皆に教え広めたりはせぬものだよ。

（アリストパネス『蛙』一〇五二〜一〇五四、前四〇五年上演）

Ⅱ　パウサニアス（後一六〇年頃活躍）

① トロイゼンの天人花《ミュルシネ》は一面穴だらけの葉がついているのだが、トロイゼン人の伝承では、天人花はもとからそうだったのではなく、まさしくあの恋の悶えと、ファイドラ（＝パイドラ）が髪に差していたかんざしのせいでそうなったのだという。

（パウサニアス『ギリシア案内記』一巻二二章、馬場恵二訳、岩波文庫（上）一〇二頁）

② そこにはいまでも一本の天人花の木が生えていて、その葉には前にも書いたように（右記引用）いくつもの穴があいている。それはファイドラ（＝パイドラ）が万策尽きて恋のやすらぎが得られなかったとき、この天人花の葉に八つ当たりをくり返していたからである。

（同上、二巻三二章、岩波文庫（下）一四九頁）

第9章 エウリピデス『ヘレネ』（前四一二年）——具象と抽象

第九日目です。エウリピデスを続けます。

自分を弄《もてあそ》んだ男に子供殺しで報いたメディア、不倫の恋を一人芝居で演じたパイドラと、問題女性を見てきましたが、今度はヘレネです。行儀の悪い美女——世間ではそういわれていますが、男たちのあいだでは人気絶大でした。若い男に色狂いしてトロイアまで行った、というのは悪い噂で——噂を広めた人は神の罰が下って目がつぶれました——ほんとうはエジプトにひっそり隠れ住んでいたという弁護論まであるのです。

この弁護論はほんとうでしょうか？　いや、彼女の美に目がくらんだ者の世迷い言でしょうか？　エウリピデスの『ヘレネ』はこの弁護論を元に書かれたものなのです。嘘か真かみてみましょう。

［劇の粗筋］トロイア戦争は美女ヘレネの奪還が目的ですが、ヘレネはトロイアへ行っていな

かった、行っていたのは偽のヘレネで、本物はエジプトにいたという異伝があります。本篇はこの異伝を素材にしています。彼女の夫メネラオスはトロイア戦争後に奪還した（偽の）ヘレネを連れて帰国の途に就くものの、なお七年間洋上をさまよい、ついには難破してエジプトに漂着、そこで本物のヘレネと出会います。真偽二人のヘレネに翻弄されながらも、最後にメネラオスは本物のヘレネとともに祖国スパルタへ帰ります。

1　新しきヘレネ

喜劇作家のアリストパネスはその『テスモポリア祭を営む女たち』（前四一一年上演）で前年に上演されたばかりのエウリピデスの悲劇『ヘレネ』をさっそく取り上げ、作中でさんざんにパロディ化しましたが、中にこんなセリフが出てきます。

――**エウリピデスの縁者**　それなら、どんな劇であの男をここへ誘い出そうか。／わかった、あの新しい《カイネー・》ヘレネ《ヘレネー》の真似をしよう。
（八四九～八五〇、荒井直訳）

アリストパネスという人は文芸一般、特にエウリピデスの人と作品に異常な興味を抱いていたようで、このように自己の作品中でエウリピデスの作品をよく取り上げて筆の先に乗せています。後世のわたしたちはそれを演劇評論、また一種の文芸時評として読むことができます。とりわけ『蛙』（前四〇五年上演）などはその最たるもので、優れたエウリピデス作品論といってよいでしょう。

さて、この「新しいヘレネ」の「新しい」とはどういう意味でしょうか？ 単に時期的に「最新の」作品ということか？ 「新奇な内容の」作品ということか？ いや、「新奇な性格の」ヘレネということか？

ヘレネはトロイアへは行かなかった、とヘレネ弁護論をぶつのはエウリピデスが最初ではありません。ずっと先輩の抒情詩人ステシコロス（前六四〇年頃〜五五五年頃）がすでにそう言っています。ステシコロスも最初は皆と同じように尻軽女ヘレネを非難する詩を作ったのですが、それが神の怒りを買って盲目にされてしまった、そこで前言取り消しの詩に改作すると、あら不思議や、盲目は快癒したとのことです。あの哲学者プラトンがそれを伝えています（対話篇『パイドロス』二四三AB、『国家』九、五八六C）。エウリピデスも他の作品ではよくヘレネを悪しざまに非難しています。そのために、ステシコロスのように神罰を被ったとは聞きませんが、ステシコロスと同様になぜかヘレネ弁護論をぶったのです。トロイアの戦場からヘレネの姿を消し去ったエウリピデスの意図はなんでしょうか？

2　テュケー（運、偶然）

テュケーという言葉があります。運とか偶然と訳されています。本篇にはそれがよく出てくるのです（全二四ヶ所）。ヘレネ、その夫メネラオス、エジプト王テオクリュメノスの三人の主要人物は、劇中での自分らの立場をこのテュケーという言葉、あるいは概念で捉え、表示しています。人生での自分の立ち位置をテュケーととらえると、悲劇的領域は切り捨てられてしまうことになります。なぜなら悲劇の本質は、神の意志と人間の運命との関係に問いを立てること、その関係に主体的にかかわっていくことにあるからです。さらにヘレネは自らの身の行く末を、ヘルメス神から聞いて知っています、いずれスパルタの地へ夫とともに帰ることになると。幸せな終結点を本人自身が知っているのです。どこにも悲劇が起きる心配はありません。多少の運不運に左右されるかもしれませんが、我が家への帰り道は保障されているのです。

3　変幻自在

①メネラオスの場合　衣服（軍装と帆布――難破したため窮余の一策で帆布を身にまとっている）により英雄と小市民とに交互に変容。

②ヘレネの場合　エジプト在の貞淑で薄幸な佳人が、劇の末尾ではトロイアの戦場に臨場していた女戦士のごとく、「トロイアでの栄光はどこへ行ったのか、／蛮族の男らに見せつけてやりなさい」（一六〇三～一六〇四）と言う。

すなわちこの二人は状況によってその姿を変えます。これはまさに古典的英雄と卑俗な市民像との混交、混在です。神話伝承では伝えられない人間の普通の生活が、神話伝承の中へ入ってきます。

4　多様な人物

芝居の見巧者で文芸に精通していたアリストパネスはこう言っています。

エウリピデス　わたしの劇では女も奴隷も、／また主人も乙女も老女もみな対等に物を言う。
アイスキュロス　そんな大胆なことをして、おまえさん殺されるぞ。
エウリピデス　どういたしまして。こうするのが民主的なんです。
（『蛙』九四九〜九五二）

多様な人物の例を挙げましょう。まずは「門番の女性」です。
エジプト王テオクリュメノスの屋敷の門番とくれば屈強な男性が想定されますが、登場するのは初老の女性です。ここには一種の異化効果——従来にないやり方とそれに伴う諧謔味があります。
奴隷身分の従僕も正論を述べてテオクリュメノス王をやり込めます。

テオクリュメノス　（……）さあ、脇へ退いて道を空けろ。
従僕　（わたしはあなたの）お着物を放しませぬ。とんでもない悪事へと逸っておられますから。
テオクリュメノス　奴隷の分際で主人に指図するつもりか。

従僕　心掛けはまっとうです。（一六二八～一六三〇）

テオクリュメノス　わしのほうが支配されるのか、支配するのではなく。

従僕　神の御心に添うため、正義に悖ることはしないために。（一六三八）

従僕はテオノエ（テオクリュメノス王の妹）を折檻しようと逸るテオクリュメノスを防止します。ヘレネの出エジプトを必然とする従僕の見解は、神カストル登場（機械仕掛けの神）直前に人間界が有する理性的部分を提示するものと言えるでしょう。

本来壮丁であるべき門番が老女に代わります。また主人が奴隷（従僕）に諫められ、その支配を受けます。悲劇の常識が壊れます。それは「大胆で新しい」ことでした。

いま一つ付け加えましょう。人物の多様化と関連することですが、一行対話の増大です。舞台上に複数の俳優が同時に登場し、独唱部分よりも互いに交わす対話の部分が増大します。例えば『メデイア』では八五行（劇全体の五・七％）だったのが、『ヘレネ』では約二八〇行（劇全体の一六・五％）となっています。個人の心中に潜む悩みを心理的に解剖し、それを開陳する（メデイアやパイドラのような）ことは減少します。これは悲劇的人物の消失化と言ってよいでしょう。劇は「静」から「動」へ、また「高尚」から「通俗」へ移ります。

5　名前と実体の乖離

名前 onoma（＝name）と実体 pragma（＝thing）が不一致。

トロイアでのヘレネ奪還に奮闘したのにエジプトでまたそのヘレネに遭遇して驚くメネラオスに対して、ヘレネはこう言います。

――名前はどこにでもあることができます。身体はそうはいきませんが。（五二八）

トロイアでの実体のない名前だけの存在＝幻のヘレネを信じたテウクロスやメネラオスは、エジプトで本物のヘレネ＝実体を目にしながら、それと認識できません。元来名前と実体は離反せず、即するものであるはずです。ところが前五世紀も後半になってくると、時代の混乱状況と歩調を合わせるように人々の価値観も混乱し始めます。世紀末の内乱時、ペロポネソス戦争下の諸相を鋭敏な目で観察し考察したトゥキュディデスはこう言っています。

――たとえば、無思慮な暴勇が、愛党的な勇気と呼ばれるようになり、これに対して、先を見通して躊うことは臆病者のかくれみの、と思われた。
（『歴史』三巻八二節、久保正彰訳）

テウクロスもメネラオスもトロイアで見たヘレネは偽物でした。それを本物と信じ込んだために、エジプトで本物を見たとき、それと正確に判断し認識することができませんでした。これは知性の衰退現象の一つといえます。従来の枠組みでは捉えきれなくなった時代状況を、作者は「幻のヘレネ」の仮構に託して描いたのです。

6 非悲劇

さて身はエジプトに幽閉され名はトロイアの戦乱の元凶となったといっても、ヘレネはけっして悲劇の女性ではありません。彼女自身こう言っています。

――なぜまだわたくしは生きているのでしょう。それは神ヘルメスから／こう聞いたからです、いずれはあの世に名高いスパルタの地へ／夫とともに帰り住むことができよう、わたくしはトロイアへは／行かなかった、よその男と寝床を共にすることもなかったとわかってもらえると。（五六～五九）

夫との遭遇、帰国、悪評の払拭――これが彼女には約束されているのです。いまはどれほど不遇でも、しばらくすれば幸せな境遇になれるのですから、どう転んでも彼女は悲劇の女性を演じることはできません。予定調和的世界に自らが置かれていることを知った人間には、英雄的行為は取り得ません。そういう人間は自らの意志を持たず、ただ巡り合わせ《テュケー》に身を委ねておけばよいのです。理想を持たぬ人間は神、運命、また心中の情念と対決しなくなります。心中の悩みは公開され、苦悩は個人ではなく複数の人間によって担われるようになります。英雄が姿を消し、小市民が顔を出してきます。誰もが対等に意見を交わします。

こうした傾向をアリストパネスは「民主的」と呼びましたが、民主的とは「非悲劇的」と同義です。本篇の非悲劇的傾向を示すところを、もう一つ上げましょう。

この劇には真贋二人のヘレネが登場します。本物そっくりの偽物の登場は周囲の人間を惑わせます。テウクロスとメネラオスが本物のヘレネに出会ったときに見せた戸惑いがそれです。真贋二人のヘレネが同一場面に同時に登場することはありませんが、短時間をおいて真贋二人のヘレネに出会い、取り違えそうになる場面があります。偽のヘレネの昇天を報告に来た使者が、本物に出会ってこう言います。

おや、これはこれは、レダの娘御（＝ヘレネ）、ここにおられたのですか？／あなたは星座の彼方へ行かれたものと思い、／そう申し上げておりました。（……）なりませぬぞ、このようにまたわれらを／虚仮《こけ》にするとは。（六一六〜六二〇）

これをもう少し押していきますと、のちのローマ喜劇の常套手段「取り違え《クィ・プロ・クオ》 qui pro quo」になります。登場人物の間に広がる戸惑いの波は観客席に伝わって笑いを生みます。作者エウリピデスがこれをどこまで意識していたか、わかりません。ただ本篇は、うまくすれば喜劇に発展していきそうな側面を持っているといえます。

仮定の話ですが、もしこの先に喜劇作家エウリピデスを予想できるとすれば、さらに一歩進めて小説家エウリピデスも予想できるかもしれません。人生の悲劇的側面と喜劇的側面との双方を一つの視野の下に収められれば、それは可能ですし、内戦時のアテナイ近辺には素材となる事象は数多あったでしょうから。

7 具象と抽象

メネラオスは美女の妻ヘレネを出奔先のトロイアから取り戻そうとしてトロイア戦争を起こしました。しかしそのヘレネは名前だけの幻のヘレネでした。それを知ったとき、メネラオスはどう思ったでしょうか？　以下はヘレネ昇天を報告に来た使者とメネラオスとの遣り取りです。

使者　こちらはイリオンで苦労の元になったお方ではないので？
メネラオス　ないのだ。われらは神さまに騙されていたのだ。／雲から作った有害な偶像を手にしていたのだ。
使者　何ですと？／雲のために無駄な苦労をしたのですと？
メネラオス　これはヘラの仕業だ。元はといえば三人の女神の争いだ。　（七〇三〜七〇八）

「一七年間（トロイア戦争一〇年、洋上放浪七年）雲のために無駄な苦労をしたのではないか」という使者の問いは鋭い問題提起です。ここには自己の行為の正当性を問おうとする明確な意思があります。いえ、本来これはメネラオスの問いであるべきです。彼は、無駄なら無駄であると認めて、他の者らを戦場へ連れ出した己の無知と無力を弁明しなければなりません。無駄でないとすれば、その理由を述べて皆を説得しなければなりません。それが自分の都合で皆を戦場へ連れ出した者のせめてもの責任の取り方でしょう。神のせいにして済む問題ではありません。

いまひとつ「雲のために苦労した」という認識は重要です。実体のヘレネと雲すなわち幻のヘレネ、言い換えれば美の実体と美の概念、その両者を識別して考えること、それが意味のあること、それに気づくこと、それを求めること、人間の一生にはそうしたものを追求する時があること、そしてそれは意味のある事だとする認識です。メネラオスは、最初は人間界随一の美女、その実体を追い求めたのですが、それはけっきょく最高の美、幻の美、美という概念を求めることにつながるということがわかったのです。そしてそれは意味があることだと知ったのです。これは幾多の戦死者を出した大戦争の意義付けとしては勝手すぎるかもしれません。しかし国家のため、民族のため、あるいは自由のためと称する『アウリスのイピゲネイア』（エウリピデス作、前四〇五年上演）の劇の末尾でイピゲネイアが述べる取ってつけたようなトロイア戦争讃美よりは、戦死者の鎮魂には遥かに意味があると思われます。ヘラ女神が「幻のヘレネ」という寓話を使って伝えようとしたのは、この抽象思考の大切さだったのではないでしょうか。雲のために、偶像のために苦労するのは無駄なことではないのです、たとえ一七年間の長きにわたっても。

第10章　エウリピデス『エレクトラ』（上演年代不詳）――余計なもの

さあ、最後の一〇日目です。エウリピデスを続けます。作品の素材はアルゴスの王族アガメムノン一家の惨劇です。第二、第三日で見たアイスキュロスの『オレステイア』三部作を思い出してください。アイスキュロスとエウリピデス、二人の作家は同一の素材をどのように描き分けているでしょうか？　比較してみるのも一興かと思います。

巻を開くと冒頭から驚かされます。舞台は都から遠く離れた田舎の百姓家、主人公エレクトラはそこに暮らす百姓の女房という設定だからです。

先にわれわれはアイスキュロスの『オレステイア』三部作を考察しました。アルゴス王家の覇権をめぐる暗殺、復讐、裁判の物語でした。その第二話に当たる復讐の場面を扱っているのが、エウリピデスのこの『エレクトラ』という劇です。アイスキュロスでは、エレクトラは冷遇されながらも母親たちと一緒に王宮で生活しており、やがて亡命生活から戻ってきた弟オレステスと協力して復讐に着手し、父親アガメムノンの無念を晴らすことになっています。田舎の百姓の女房に成り下がったエレクトラに、父親の仇討は果たして可能でしょうか？　いや、そもそもこういう状況設定をした作者の意図はどこにあるのでしょうか？　アイスキュロスと同様に父親の復讐を描くことにあるのでしょうか？

とりあえずは劇の粗筋を見ておきましょう。

〔劇の粗筋〕舞台は国境に近い田舎のみすぼらしい百姓家。アガメムノンの遺児エレクトラは名もなき農夫と結婚（偽装という触れ込み）して、そこに住んでいます。亡命していた弟オレステスが帰国し、姉弟再認ののち父親アガメムノンの復讐に取り掛かります。まずアイギストス（母親の愛人）を殺した後、母クリュタイメストラを王宮から呼び寄せて殺します。復讐成功。しかし母殺しの罪の意識が子供ら二人の肩に重くのしかかります。

1　特異な場面設定

先に述べたように、本篇の舞台は王宮を遠く離れた国境近くの田舎家になっています。主人公エレクトラはこの農家の農夫の妻です。結婚して何年になるのか、明確な年次設定はありません。しかし彼女が今居住している場所が都の王宮から時間的にも空間的にも一定の距離を置いていることは確かです。この距離が、アイスキュロスの『オレステイア』第二部すなわち『供養する女たち』と大きな違いを生むことになります。

その第一は父親アガメムノンの亡霊の欠如です。死亡当時にはエレクトラにあったはずの父への思慕と同情は、時空間を隔てるにつれて薄らいでゆきます。母親に対する憎しみは父への思いのためではなく、むしろ母娘相互の貧富の差を実感させる二人の経済状態から生まれたものに他なりません。彼女は母親にこう問いかけます。

——あなたは夫を殺したとき、どうして父祖伝来の館をわたしたちの手に引き渡してくれなかったのです?（一〇八八）

アガメムノンの亡霊は殺害者クリュタイメストラの夜の夢にももう登場しません。市民の白い眼を気にしたり、亡命している息子オレステスからの復讐を気遣ったりはしますが、長い支配者暮らしは安逸に過ぎているかのようです。彼女は確かに今権力者です。しかし心弱き犯罪者であり、心優しき権力者でもあるのです。

いずれにせよこの場面設定はまことに大胆な設定であると言わざるを得ません、エレクトラの、そしてクリュタイメストラの伝統的立場と人間性を一八〇度転換させるのですから。

2 クリュタイメストラの弁明

エレクトラは赤子が生まれたという偽の報せで母親クリュタイメストラを王宮から田舎の百姓家まで呼び寄せます。久しぶりに再会した母と娘は互いの思いをぶつけあいます。娘から夫アガメムノン殺しを非難された母親は二つの理由を挙げて弁明します。

一つはイピゲネイアの生贄です。アガメムノンはギリシア船団をトロイアへ出港させるために、アウリスの港で娘イピゲネイアをアルテミス女神への生贄にしたのでした。それをクリュタイメストラは「ふしだらな女へレネ」ゆえに起きた戦争遂行のための無益な死、無惨な死というわけです。だから夫殺しは無惨な死を遂げた娘イピゲネイアの仇討なのだと。

二つめは、アガメムノンがトロイアから愛妾カッサンドラを連れ帰ったことです。正妻としての沽券《こけん》にかかわる許しがたいことです。だからこそ夫を殺したのであると。

エレクトラはこうした言い分に逐一反論はしません。彼女が言うのは、夫の出征後すぐに化粧に身をやつすような母親の生まれついての浮薄な性情批判です。どちらの言い分もそれなりに正しいのですが、かみ合いません。この中で母親は、夫の愛人問題を非難する過程で、自分もアイギストスを愛人としたことを正当化してこう言います。

――ええ、確かに女というものは好き心の強いもの（モーロス）、そうでないとは申しません。

（一〇三五）

この惨劇の根底にはアルゴス王家の父祖伝来の家督争いがありましょう。アイギストス（アガメムノンの従弟。対立する一方の家の跡取り息子）もクリュタイメストラもその一翼にかかわっているのです。そこにトロイア戦争にまつわる私的な事情――愛娘の死と夫の愛人――が絡みます。そしてさらに当のクリュタイメストラの私情が大きくからんで夫殺しという悲劇が生まれたのです。悲劇に大義は要りません。ちょっとした個人の不品行があれば、不品行を生む「好き心」があれば、それで十分なのです。

アイスキュロスが創作したクリュタイメストラには、自己の行為には正義の神の支持があるとする確信がありました。エウリピデスの場合、そうした、いわば理念的裏付けはありません。それは「性の脆さ《モーロス》」ゆえの背信という、まことに人間的な過失に基づく行為です。過失による行為は後悔を生みます。後悔は弁明を生みます。先に上げた一〇三五行はクリュタイメストラの女性宣言、人間宣言です。「女というものは好き心の強いもの」という告白は、妻の座よりも「女」であることを選んだクリュタイメストラの弁明です。しかし処女妻のエレクトラには、「女」の情念はまだ理解されません。

3　復讐行為の果てに

クリュタイメストラ殺害後、エレクトラ、オレステスの姉弟は犯した行為の重さを嘆き、自責と後悔の念を表明します。ただ両者の発言、その意図は微妙に違います。まずオレステスは、アポロンの神託に従って母殺しを敢行したがゆえに、神託への懐疑を述べます。

ああ、アポロンよ、あなたがお告げ下された正義の意味するところは／わたしにはわかりかねますが、成就された行為の痛みのほどは明々白々、（一一九〇～一一九一）

機械仕掛けの神として登場したディオスコロイ（カストル）はオレステスの疑義を理解したうえで、今後はアテナイで裁判を受け、無罪放免となろうと慰めます。アイスキュロスの場合と同様に、古い氏族社会の力の正義の最後の行為者となったオレステスは、ある意味ではその犠牲者として新しい市民社会の法の正義のもとに包括されていきます。

エレクトラはアポロンからの神託を受けていません。彼女は母親への憎悪という個人的な理由からオレステスの母殺しに協力したのでした。それゆえディオスコロイによる救済はありません。今回の一連の行為とその結果を直接自らの身で受け止めなければなりません。この点で彼女は古来の力の正義の遂行という約束事から外れています。とはいえ、母親の死に対する私的責任は逃れるわけにはいきません。複雑に揺れ動くその心中をこう表現します。

—ほら、愛しくもあり愛しくもない人に、／わたしはこうして衣をかけてやる。

（一二三〇〜一二三一）

愛憎相半ばする微妙な心情の吐露といってよいでしょう。ディオスコロイは、あたかも救済策であるかのように、エレクトラにオレステスの協力者ピュラデスとの結婚を勧めていますが、さてこれはどうでしょうか。相も変らぬ伝承世界への安易な回帰、もしくは逃亡のように思えますが、それで彼女は救われるのでしょうか？　時が経ち死んだ母親と同年輩になったころ、彼女はやっと母のあの死の前の心情を理解するのかもしれません。

4　悲劇と食事

田舎の百姓家に嫁いだエレクトラは貧乏所帯を切り盛りしています。客があっても十分に接待できません。亡命中の弟オレステスが身分を隠して彼女の家を訪れますが、接待に困ったエレクトラは古い知り合いの老爺のところへ食材の無心をします。老爺は子羊とチーズとワインを手にして駆けつけます。老爺の登場は、それによってエレクトラとオレステスの姉弟再会が実現し、劇の筋書きに転回点を与えるという意味で重要なのですが、問題はせっかくの接待の品のゆくえです。

古い知り合い（昔の奉公人）の手を煩わして用意された食材が彼女の手で調理されたり、一杯のワインにありついたオレステスがそれで旅の疲れを癒したりした様子は、どうもうかがえないのです。接待を受ける間も有らばこそ、オレステスは老爺の情報をもとに近くにいる宿敵アイギストスを討ちに出かけます。劇は急ぐのです。アイギストス殺害は（もちろんクリュタイメストラ殺害も）素材となった伝承の主要事項なのですから、食事に手間取って遅らせでもすると復讐劇の予定が狂います。

余談ながらオデュッセウスを思い出します。ホメロスの『イリアス』一九歌に出てくる彼は、親友パトロクロスを殺されて怒り心頭に発し、直ちに出陣しようとするアキレウスを押しとどめて言います、「まず腹ごしらえが先でしょう」と。彼は他の箇所でも食べることに執着する姿を見せていますが、名誉を第一にして戦闘に終始する英雄たちに比べると、その存在は異色といってよいでしょう。しかしその存在が『イリアス』を単なる戦地の状況報告書にせず、人間の目を通して語られる生きた人間物語に、少なくともその一要素に、しています。

せっかく田舎の百姓家が舞台になったのです。ちょっとしたご馳走も届いたのです。煤けた台所の脇の食卓でガツガツ食べる弟の姿をじっと見つめる姉がいてもいいではありませんか、その先に仇討という陰惨な事件が待っているにせよ。そしてそこに会話があれば、大義のために長年苦労させられてきた二人の人間の生活の垢が浮かび上がってきましょう。それを書き込むと仇討という主題は劇から遠のいてしまうと、作者は危惧したのかもしれません。しかし屋内での食事は、「田舎の百姓家」という大胆な劇の場の設定と同様に、いいえ、それに劣らぬ人間の日常生活、日常性の導入に他なりません。ここでもし食事の場が設定されていれば、作者の日常志向はゆるぎないものとなったことでしょう。しかしそうはなりませんでした。思うに作者は仇討、母殺しという伝承の主題からどうしても離れることはできなかったのです。せっかくのご馳走ですが、オレステスはそれを食べたことにして、その場は省略して、アイギストス攻撃を急いだのです。上演時間を気にする必要がある劇作家の、どうにも仕方のない行為であるとも言えそうです。

素材に自分流のさまざまな切り込みを入れて人間の世界観、生活観を描こうとしても、素材と創作という両者のせめぎあいはなかなかうまくいきません。右の例のように、ときに中途半端に終わってしまいます。残存する悲劇作品の中に、屋内で食事する場面は一つとしてありません。食事は人間生活を表示する最たるものです。しかしいい意味でも悪い意味でも、作者は皆——エウリピデスでも——それを描くことを遠慮したのです。

それでも本篇でエウリピデスは食事の準備に掛かるエレクトラの姿を見せ、美味しそうな食材を提示しました。そして調理と飽食の様子は観客(読者)の想像に任せたのです。どうやら箸の上げ下げまでを忠実に描写することを必要とは思わなかった、というよりはその必要性のあることに気づかなかったようです。

主人公が食事をして口を動かしても悲劇は起きるのです。チェーホフなんかはそんな悲劇を描いているではありませんか。サモワールが沸いている傍らで人間悲劇が進捗しているのです。親殺しや子殺しを描くのだけが悲劇ではありません。われわれは日常の生活の中でさまざまな悲劇を見たり演じたりしているのです。エウリピデスはそこまで書くのを遠慮した、いや遠慮したというよりは、それを描くことの重要性にただ気づかなかっただけかもしれません。これは悲劇の素材を神話伝承に求めた当時の作家の限界でしょう。あるいは神話伝承を素材とする悲劇への、後代のわれわれの過剰な期待、ないものねだり、というべきかもしれません。

5　余計なもの

劇の末尾に神ディオスコロイ（カストル）が現れて――機械仕掛けの神――一連の事件の総括をします。そこに登場するのは神のほかエレクトラとオレステスのみです。オレステスの盟友ピュラデスもいたはずですが、無言です。他にエレクトラの夫の農夫、古い知り合いの老爺（食材を届けてくれたかつての召使）もいたはずですが、姿を見せません。なぜでしょうか？

ギリシア悲劇はどの作品もすべて三人の俳優で演じられました。いかに登場人物が多くても、衣装や仮面の付け替えと場面転換によって役柄変更を三人でうまくやり繰りしました。三人以上の俳優が使えて、この場にもし老爺がいれば、オレステスの復讐成就に快哉の声を挙げたでしょう、かつて自身の手で亡命の途へ送り出した忠義の男ですから。農夫も偽装結婚までして預かった王家の娘が宿願を遂げてやっと安寧の身となったことに祝福の意を表し、安堵の吐息を漏らしたことでしょう。しかしこれらはいずれも舞台の上で表明されることはありません。それを演じる役者がいないのです。彼らは姉弟の復讐成就に小さからぬ貢献をしたはずなのに、成就後はあたかも余計なものとばかりに除去され無視されているのです。ピュラデスはオレステスの盟友であり、復讐の協力者であるからでしょうか、またいずれエレクトラを娶る身でもあるからでしょうか、ディオスコロイは好意的に言及しています。どうもこうした扱いの濃淡は、この物語の主題である父の復讐へのかかわり具合によるように思えます。父アガメムノンの亡霊の存在はあれほど希薄化されていたにもかかわらずです。神話伝承の筋道を外れ、人間界の日常生活に埋没したようでも、最後にはまた素材の神話伝承の世界へと戻るのです。デウス・エクス・マキナの神はそこへ戻るためのパスポートの役をするのです。

ところで余計なものは果たして不要でしょうか？　劇は採用した神話伝承の主題通りになるべく寄り道をせず、予定された結末へと急ぐべきでしょうか？　余計なものの介在は認めていても、それを表示できない事情がじつはあります。

古代劇場は舞台が一つしかなかったために場面転換ができないという欠陥があります。さらに野外劇場で、しかも昼間の上演ですから暗転ができません。幕を下ろして場を作り直すことも不可能です。現場と異なる他の場の導入如何の問題は、その一つの方法としてまず使者という手段を使って処理されました。異なる場所で起きたことは、使者の報告という形を使って劇の筋に参入させたのです。古来吟遊詩人の長広舌に慣れた民衆（観客）の耳は使者の言葉を聞いてその場面を十分に脳中に想像することができたでしょう。現代のわれわれが考える以上に使者の場面は観客には不自然ではなかったと思われます。

しかしそのとき、舞台が変わってその場が目の前に現れ、そこに俳優の所作があればどうでしょうか。明らかに観客の理解は一層深まるはずです。聴覚に加え、さらに視覚も加われば、理解はより明確になるでしょう。劇は言語芸術であると同時に、またそれ以上に視覚芸術でもあるのですから。

使者の使用は舞台構造の上での一つの処方です。ソポクレスが始めたといわれる背景画の運用なども、そうした努力の一つです。しかし一番望まれるのは複数場面の併存でしょう。この劇『エレクトラ』で場を田舎の百姓家に設定したことは画期的でした。加えて姉弟再会の祝いの膳を囲むために、そこに煤で汚れた台所の場が付け加えられれば、演劇芸術の進歩向上という観点から言って、その利点は倍増したことでしょう。

これは当時の悲劇上演活動を取り巻いていた従来の演劇観からすれば余計なことです。少なくとも復讐を急ぐオレステスにとっては、せっかく仇のアイギストスが近くにいるのですから、すぐさま念願の復讐に取り掛かるべきでしょう。しかし久しぶりに姉と食事をするくらいの時間は取れないでしょうか？　なんとかその場が設営できれば、エウリピデスも姉弟二人の食事の場を考えたのではありますまいか。急がずとも復讐はできるのです。採用した素材の神話伝承の結論は復讐成就で変わりありません。となればそこへ行く途をゆったりと辿り、観客の意識を単なる復讐成就の快感だけでなく、難業を協力して果たす姉弟の長年の苦労への共感へと誘うほうが有意義でしょう。劇に幅ができます。観客は二人の私生活を、一瞬ですが、覗くことができるのです。

この寄り道はけっして余計なことではないはずです。余計なことも必要であると考えるようになれば、従来のように神話伝承を素材とすることは次第に無くなってくるかもしれません。文筆に携わる者は、これまでのものに代わる新たな神話伝承＝素材を自ら創り出す必要が生まれてきます。トロイア戦争は多くのルポルタージュ作家、すなわち様々な報告者を生みましたが、ペロポネソス戦争という内戦も、様々な人間模様に満ちていたはずです。それを汲み上げる目があれば「余計なもの」を書き留めることができるはずです。

クセノポンは前五世紀末のペルシア王家内紛に乗じて出兵したギリシア遠征軍の敗走を描いたルポ『アナバシス』を残しましたが、そこで興味深いエピソードを報告しています。敗走するギリシア軍の通り道近くに住まう娘の身の上を案じた現地小アジアの一人の男が自らの身を犠牲にして娘を救おうとする話です。これに似た話は当時の内戦時のアテナイ周辺でも転がっていたはずですが、そして文筆を業とする人間には魅力的な題材であったはずですが、伝統的な神話伝承の中で取り上げるには適さぬ素材であるのでしょうか、誰も似た素材を探したり取り上げたりしていません。だからといってこうしたエピソードを悲劇とは別の形で公にする途も、どうも見つけられなかったようです。クセノポンの一歩先を印そうとする試みはありませんでした。悲劇の素材と作家の意識とのギャップは——作家はその文芸的意識、またその時代の精神にあわせて素材を選択し採用するはずですが——それでもなかなか両者は都合よく噛みあうものではなかったようです。

第11章

ギリシア悲劇をどう読むか

以上ギリシア悲劇の概略を述べてきました。全盛期は前五世紀、それも後半でした。前五世紀のアテナイはどんな時代であったか、時代と悲劇作品との関わりを少しまとめてみましょう。

上で目を通した作品は三大作家ほぼ等分に全部で一〇作品です。時系列ではアイスキュロスの『オレステイア』三部作（前四五八年上演）からエウリピデス『ヘレネ』（前四一二年上演）まで約五〇年間にわたっています。各作品はこの時代に都市国家アテナイにおいて生み出された精神活動の結晶といってよいでしょう。いずれの作品もその時々の市民意識と時代精神を反映しています。しかもそれが今なお観る者読む者の心を打ち、改めて作品への真摯な取り組みと考察を呼び起こします。まさに古典です。古典とは古いものというだけではありません。いつの時代に接しても、観る者読む者の問いに答えを用意している融通性、多様性、いわばあくなき豊穣さを具有している作品の謂《いい》です。

古代ギリシア人が中央ヨーロッパからエーゲ海域に南下して来て定住したのは前一九世紀の頃とされています。彼らがその移動の過程で身に着けたのは、接触した他民族と自分たちとの差異の意識でした。よく「ヘレネス対バルバロイ」という言い方がされます。ヘレネスとはギリシア人という意味のギリシア語、バルバロイとは異邦人という意味のギリシア語です。英語でバーバリアンと言いますね、あれです。ただしこれをすぐに「野蛮人」と訳してしまうと身も蓋もありません。バルバロス（バルバロイの単数形）というギリシア語はもともと「意味の通じない言葉を喋る」というだけの意味でした。それが「野蛮、非文化的、無法、愚鈍等々」の否定的意味合いを持つには、それなりの軋轢、抵抗、被害の経験と歴史を経てからのことです。なかでも前五世紀初頭の二度にわたるペルシア軍の侵攻による悲惨な戦禍の経験が決定的でした。

ペルシア軍撃退の後、自らの政治社会体制に自信を持ったギリシア人は、独自の価値観を生み出し主張し始めます。法、自由、知、徳・勇気です。歴史家ヘロドトスは、ペルシア戦争の詳細な記述を通してギリシア民族の民族性、その精神状況をこの四つの価値観につづめて主張しています（『歴史』第七巻一〇二節以下）。前四三〇年代のことです。悲劇作品のなかでもそれがさまざまなかたちで取り上げられ主張されていることは、上に見たとおりです。ギリシア悲劇は前五世紀後半を生きたアテナイ人の精神活動の表示板であったといえるでしょう。

時代は動いています。前四八〇年にペルシア軍を撃退した後、ギリシアは国土再建の途に就きます。アテナイにほぼ民主的な政治社会体制が出来上がるのは、前五世紀後半です。前四三一年から世紀末の前四〇四年までペロポネソス戦争という内戦が起こりますが、しかしペルシア戦争終結後五〇年間は文化振興に適した平和で安定した時代でした。その文化振興をほぼ一手に担って盛り上げたのが悲劇の上演活動でした。内戦中も上演活動は継続されました。ここにわたしたちは当時のアテナイ人たちの活発で旺盛な精神活動の発露を窺い知ることができます。悲劇上演は単に宗教的行事の残滓や娯楽の提供だけにとどまらぬアテナイ市民の高い精神性の表明といってよいのです。

五〇年以上にわたる上演史はそのまま市民の精神史と言ってよいわけですが、しかしそれは必ずしも一律のものではありません。世紀半ばと世紀末とでは時代が違うだけでなく、人々の価値観も変わってきます。世紀末に勃発した内戦を取材して人間の内面の状況と活動にまで筆を進めたトゥキュディデスがそれを的確に指摘しています、「昨今では暴勇が勇気と見なされている」(『歴史』第三巻八二節)と。内戦勃発という政治的社会的変動が市民の精神にも小さからぬ影響を与えたのです。悲劇の黄金世代の殿《しんがり》に位置するエウリピデスは、そうした時代の変動、価値観の変化に的確に反応しています。アイスキュロスの『オレステイア』に登場するエレクトラ、オレステスとエウリピデスの『エレクトラ』に登場するエレクトラ、オレステスとを、どうぞ比べてご覧あれ。

劇にはいろいろな人間が登場します。またさまざまな事件が起こります。親殺しや子供殺しといった異常な事件が起こります。わたしたちはそれに対抗して戦う主人公の英雄的崇高性を多とし、讃美します。そしてそれこそが古典悲劇の神髄であると称揚しがちです。長い歴史の時間の間にいつのまにか出来上がった、そうした古典讃美は、ちょっと控えてくださ い。お仕着せのそうした借り物の解釈は不要です。自分の眼でよく見ることです、前五世紀のある日にディオニュソス劇場の観客席の上段で野次を飛ばしつつ見ていたどこかの親爺と同じに。

ただよく見てください。親殺しだけが悲劇ではありません。二一世紀のわたしたちの周りには、さまざまの形の悲劇が転がっています。前五世紀でもそうです。提示された筋書きを、その中の出来事を、自分がどう見るか、すべてはその一点にかかっています。それが演劇という舞台芸術を楽しみ理解することなのです。顔を血だらけにしたオイディプスに驚いて同情し、ついつい説得されてしまわないことです。演出者に惑わされてはいけません。

ギリシア悲劇は、なにも特別に難解なものでも崇高なものでもありません。大昔の村芝居にすぎません。思わせぶりに持ち上げることはありません。ただそこでは人間がひたすらに人間らしく、たいていは無様に動いています、神がどれほど我が物顔に振舞っていようと、ね。それが現代のわれわれ人間に人間らしく生きることへの取っ掛かりを与えてくれているのです。だから古典として尊重されるのです。それだけのことです。

あとがき

一〇日経ちました。いかがでしょうか？　最後に第11章も付いていますから、読み通すのに一一日かけた人もいたでしょうね。

じつはこのギリシア悲劇速成入門講座、今回初めて公にするものではありません。あるところでギリシア悲劇勉強会をやっていて、その時の講義録、メモを整理整頓して今回ここに提供したのです。あるところというのは、大阪天王寺の一心寺シアターです。ここを根城にする小劇団「清流劇場」（尼崎市、田中孝弥主宰）は毎年秋季公演にギリシア悲劇を取り上げ、かつそれと並行して年一〇回のギリシア悲劇勉強会を催しています。ある年、親方の田中氏が「誰にでもわかるギリシア悲劇の話」をしろと言ってきました。聞き手は劇団関係者、俳優諸氏だけにとどまりません、演劇愛好家、心理学者、法制史学者、アフリカ原住民の習俗研究者、ドイツ文学者、そして一般主婦、学生――まことに多士済済です。昨今はコロナ禍でリモート講義ですから、講義後の懇談会では各自酒肴を手前で用意してパソコン画面を見ながら自由討議をします。好き勝手な質疑応答、野次、冗談、酔余の妄言まで、いやいや賑やかな懇談会になります。そのすべてがこの小冊子に盛り込まれています、そのはずです。

さあ、この冊子、好きな時に読んでよし、読み捨ててよし、こんなもの呑まずに読めるか、でもよし。

人間、たくさん物を見ても読んでもたいして賢くなれませんね。好きな途を一つか二つ究められれば上等です。ギリシア悲劇がその一つにでもなってくれれば、言うことはありません。そしてこの小冊子がその手引きになってくれればね。

出版を引き受けてくださった未知谷（伊藤伸恵氏）に感謝。未知谷を紹介してくださった学生時代からの畏友田中博明氏に深謝。そして久保田忠利氏にも。

丹下和彦

二〇二一年十月五日　神戸 魚崎

たんげ かずひこ

大阪市立大学名誉教授　関西外国語大学名誉教授
1942 年　岡山県生まれ
1964 年　京都大学文学部卒業
『女たちのロマネスク』東海大学出版会
『旅の地中海』京都大学学術出版会
『ギリシア悲劇』中公新書
『ギリシア悲劇ノート』白水社
『食べるギリシア人』岩波新書
エウリピデス『悲劇全集１～５』訳、京都大学学術出版会

ギリシア悲劇入門

二〇二一年十二月 十 日印刷
二〇二一年十二月二十日発行

著者 丹下和彦
発行者 飯島徹
発行所 未知谷
東京都千代田区神田猿楽町二・五・九
〒一〇一・〇〇六四
Tel.03-5281-3751／Fax.03-5281-3752
［振替］00130-4-653627

組版 柏木薫
印刷 モリモト印刷
製本 牧製本

Publisher Michitani Co. Ltd., Tokyo
Printed in Japan
ISBN978-4-89642-653-3 C0098